目次

富士には月見草

——太宰治100の名言・名場面

死のうと思っていた。ことしの正月、よそから着物を一反もらった。お年玉としてである。着物の布地は麻であった。鼠色《ねずみいろ》のこまかい縞目《しまめ》が織りこめられていた。これは夏に着る着物であろう。夏まで生きていようと思った。

（「葉」）

太宰治はまず作品の題名、そして最初の一行と最後の一行、つまり作品の書き出しと結びに、つねに全力を注いで、抜群の力量を発揮した作家である。

二十七歳の新人が初めて出した作品集の題がなんと『晩年』。その冒頭に置かれた短篇「葉」の題名の後に「撰《え》ばれてあることの　恍惚《こうこつ》と不安と　二つわれにあり」というヴェルレエヌの詩句が、エピグラフ（題銘）として引用され、最初の一行が「死のうと思っていた」。本の題名、太宰治という筆名の印象、引用句、書き出し……。どれもみな読者の意表を突いて、初めて手に取った人も、作者はとても並の作家とはおもえない。なかでも敏感な人は、ひょっとするとこの作者は天才かも……と感じたかもしれない。そして、それらは全《すべ》て作者によって周到に計算されていたことなのである。

「死のうと思っていた」。今の若者が好んで使う芸能界の用語でいえば、これほど強力な「ツカミ」はない。しかもその次に着物のことが語られて、作者はお洒落《しやれ》に並々ならぬ関心の持主であるのが示される。近代の文学は作者の外見よりも、内心を尊重したが、太宰は内心の告白と同時に、自分が他人の目にどう見えるか、つまり外見に徹底してこだわった。「ツカミ」と外見の重視——。今から百年前に生まれながら、太宰治は現在の若者と、そっくりおなじ感性で生きていた作家であった。

役者になりたい。

・

（「葉」）

太宰治は生涯を通じて「殺し文句」の名人であった。最初の作品集『晩年』の冒頭に置かれた「葉」は、一貫したストーリーを持つ小説ではなくて、一見なんの脈絡もなしに連ねられて行く長短さまざまな三十六の断章のあいだに、次のようなアフォリズム（簡潔で鋭利な箴言）が挟みこまれる。

「白状し給え。え？　誰の真似なの？」

山賊。うぬが誇をかすめとらむ」。文学好きな読者ほど、これらの一行一行に、ぎゅっと心を鷲掴みにされて、一本の短篇にこれほど多彩な箴言を並べられる作者は、やはり天才なのではないか、という感を強めるかもしれない。じつはこれ、高校時代以来の厖大な量にのぼる習作から、最良のエッセンスを抽出して、作者がみずから編んだ詞華集なのである。

なかでも極め付きの一句が「役者になりたい」でそうおもっていたろう。太宰治の小説は自作自演の演劇でもあって、作者はそれを演ずる役者を兼ねていた。

だから、初心の読者が陥りやすい間違いだが、太宰の作品を、実生活をその通りに書いた私小説と見誤ってはならない。いかに私小説風に見えようとも、じつはことごとく巧妙に計算されて仕組まれた自作自演のフィクションなのである。

本州の北端の山脈は、ぼんじゅ山脈というのである。せいぜい三四百米《メートル》ほどの丘陵が起伏しているのであるから、ふつうの地図には載っていない。むかし、このへん一帯はひろびろした海であったそうで、義経《よしつね》が家来たちを連れて北へ北へと亡命して行って、はるか蝦夷《えぞ》の土地へ渡ろうとここを船でとおったということである。そのとき、彼等の船が此《こ》の山脈へ衝突した。突きあたった跡がいまでも残っている。約一畝《せ》歩《ぶ》ぐらいの赤土の崖《がけ》がそれなのであった。山脈のまんなかごろのこんもりした小山の中腹にそれがある。約一畝《せ》

小山は馬禿山《まはげやま》と呼ばれている。ふもとの村から崖を眺めるとはしっている馬の姿に似ているからと言うのであるが、事実は老いぼれた人の横顔に似ていた。

（「魚服記」）

同人雑誌「海豹《かいひよう》」の創刊号に発表されて、文学を愛好する人たちの狭い範囲内ではあったけれど、新人太宰治の筆名と才能を初めて明らかにしたのが、「魚服記」。「海豹」への参加を求められたとき、「ツカミ」を重んずるかれとしては、初手から同人たちをアッといわせる作品を出さなければ……と強く決意したに相違ない。和紙の原稿用紙に一字の書き損じもなく丁寧に毛筆で記された、その見事な筆跡によって受け取った人をまず驚かせた「魚服記」の舞台は、故郷の津軽である。

最初に、本州の北端にある「ぼんじゅ山脈」は、地図には載っていない……と語り出されるが、その名称のもとになった標高四六八米《メートル》の梵珠山《ぼんじゆさん》は、じつはどんな地図にも載っている。それを載っていないといい、また地図には漢字で記されている梵珠を、平仮名に開いて書くことによって、冒頭からいかにも現実離れした伝説的で民話風の雰囲気が醸《かも》し出される。

しかし、地図には馬神山《まのかみやま》と記されている山の通称について地元の伝承を述べたあと、「老いぼれた人の横顔に似ていた」というのは、それまでの民話風の語り口とは異質のいわば近代的な発想で、しかも書き手の並々ならぬ才気をも感じさせる。十行に満たない書き出しのなかに、これだけの周到な計算がなされて、実際の事実や伝承が、作者自身のフィクションに作り替えられているのである。

鮒《ふな》は滝壺《たきつぼ》のちかくの淵《ふち》をあちこちと泳ぎまわった。胸鰭《むなびれ》をぴらぴらさせて水面へ浮んで来たかと思うと、つと尾鰭をつよく振って底深くもぐりこんだ。

水のなかの小えびを追っかけたり、岸辺の葦《あし》のしげみに隠れて見たり、岩角の苔《こけ》をすすったりして遊んでいた。

それから鮒はじっとうごかなくなった。時折、胸鰭をこまかくそよがせるだけである。なにか考えているらしかった。しばらくそうしていた。

やがてからだをくねらせながらまっすぐに滝壺へむかって行った。たちまち、くるくると木の葉のように吸いこまれた。

（「魚服記」）

このラストシーンから連想されるのは、太宰が中学一年のときから惹《ひ》かれてきた井伏鱒二《ぶせますじ》の「山椒魚《さんしょううお》」に描かれた水底の世界だ。井伏の作品で、自分の意に反して岩屋に閉じ込められた山椒魚は、やがて永遠の地獄ともいうべき不条理の世界に、敢《あ》えて自足しようとする心境に到《いた》る。若くしてそうした諦観《ていかん》の境地に達した師にくらべて、弟子のほうはいまだに不条理への憤《いきどお》りと抗議のおもいが強い。

だから、悲痛な運命を強いられて、鮒に変身した主人公は、小えびを追ったり、葦のしげみに隠れたり、岩角の苔をすすって遊んだりする境涯に自足できず、みずから進んで「死」の滝壺へと吸い込まれて行く。

この作品が生まれたのは、日本が急速に戦争へと向かう速度をはやめ、敏感な若者ほど将来への不安を強めていた時代だった。「魚服記」が同人雑誌を読むような文学好きのあいだに、少なからざる反響を呼んだのは、遠い過去の民話を語る文体で、同時代の敏感な若者が共通して抱いていた実存の孤独と不安、不条理と虚無の感覚、現実からの離脱と変身の願望を、鋭く鮮明に描き出したからだろう。

そしてまた「魚服記」は、言葉と想像力によって創《つく》り出される小宇宙——という新しい文学の理想を、私小説全盛の当時、すでに実現していた。太宰治は決して私小説家ではなく、天性の物語作者《ストーリーテラー》だったのである。

たけは又、私に道徳を教えた。お寺へ屢々《しばしば》連れて行って、地獄極楽の御絵掛地を見せて説明した。火を放《つ》けた人は赤い火のめらめら燃えている籠《かご》を脊負《せお》わされ、めかけ持った人は二つの首のある青い蛇にからだを巻かれて、せつながっていた。血の池や、針の山や、無間奈落《むけんならく》という白い煙のたちこめた底知れぬ深い穴や、到《いた》るところで、蒼白《あおじろ》く瘦《や》せたひとたちが口を小さくあけて泣き叫んでいた。嘘《うそ》を吐《つ》けば地獄へ行ってこのように鬼のために舌を抜かれるのだ、と聞かされたときには恐ろしくて泣き出した。

（「思い出」）

太宰治のなかには、天性の大嘘つきと、馬鹿《ばか》がつくほどの正直者が同居していた。だから女中のたけに連れて行かれたお寺で、地獄極楽の掛軸を見せられ、嘘をつけば地獄で鬼に舌を抜かれるのだ、と教えられたときの恐ろしさを、こちらもわがことのように実感できる。なぜなら敗戦前に生まれたわれわれの世代までは、死後に待ち受ける地獄と極楽の存在――とりわけ地獄の実在を、完全に信じ込んで育ったからだ。

地獄極楽の御絵掛地といいながら、「思い出」の語り手の「私」が記憶しているのは、地獄絵図の印象のみで、極楽に関しては一切触れない。太宰が見た掛軸の実物を、ぼくは金木《かなぎ》の雲祥寺《うんしょうじ》を訪ねて目にしたことがある。その絵物語には、お釈迦《しゃか》様や文殊《もんじゅ》菩薩《ぼさつ》、普賢《ふげん》菩薩などの有り難い仏様が要所要所に現われて、最後には双六《すごろく》の上がりのように、阿弥陀《あみだ》仏が中心にまします極楽浄土の景色が大きく描かれていたのに、そのような極楽の存在は「私」の記憶から、いつしかすっぽりと抜け落ちていたらしい。

この御絵掛地は太宰の生涯を決定づけた、といっていい。小学校五年のとき担任の川口豊三郎先生が、生徒に将来の希望を書かせたアンケートに答えて、早くも「文学」と記した太宰は、子どものころからすでに自分が生涯嘘をつきつづけ、罰として地獄に落とされるであろうことを、堅く信じて疑うことができなかったのに相違ない。

その証拠はやがて作品の随所に出て来る。

下男がふたりかかって私にそれを教えたのだが、ある夜、傍に寝ていた母が私の蒲団《ふとん》の動くのを不審がって、なにをしているのか、と私に尋ねた。私はひどく当惑して、腰が痛いからあんまやっているのだ、と返事した。母は、そんなら揉《も》んだらいい、たたいて許《ばか》りいたって、と眠そうに言った。

（「思い出」）

昔の人間が、この一節を読んで受けたショックの大きさは、今の人には想像もつかないだろう。太宰のいう「あんま」は、当時は大人たちから体に大層よくないことと戒められ、はなはだ不道徳な悪癖とされていた。作者も後段に「その害を本で読んで、それをやめようとさまざまな苦心をしたが、駄目であった」と書いている。当時はそれをやれば溶けた脳味噌《のうみそ》が筒先から飛び出して馬鹿になる、ともいわれ、そう聞かされてもやめることができず、恐怖に怯《おび》えていた者が少なくなかったのである。

作者はそれを本人自身の体験として書いた。太宰が天性の大嘘つきで、かつ馬鹿がつくほどの正直者だというのは、ここである。自分たちがいちばん悩んでいることを、こうまで嘘も隠しもなく、率直な筆致で書く作者を、信用しないわけにはいかない。

率直ではあるが、表現の方法は間接的で、そこはかとないユーモアも感じられる。太宰には初期のころから、少数ではあったけれど熱烈な愛読者が多く、なかには読んでほしいと自作を送って来る者が何人もいた。その下読みを頼まれた弟子の堤重久《つつみしげひさ》は、太宰さんの作風を悪くまねているせいか、露悪的なものが多く、マスターベーションという言葉がやたらに目についたりして、いやな気がした……と書いている。太宰は露悪的であっても、不潔な感じは少しもしない。いつも品がよくユーモラスな書き方なので、愛読者は読むたび好きになり、何べん読んでも飽きないのである。

私は自分をいいおとこだと信じていたので、女中部屋なんかへ行って、兄弟中で誰が一番いいおとこだろう、とそれとなく聞くことがあった。女中たちは、長兄が一番で、その次が治ちゃだ、と大抵そう言った。私は顔を赤くして、それでも少し不満だった。長兄よりもいいおとこだと言って欲しかったのである。

（「思い出」）

太宰はわが国の文学史上、もっとも自分の顔（容貌《ようぼう》）にこだわった作家である。かれの馬鹿正直さは、ここにも現われている。じつは子どもにとって、最初の関心事でかつ最大の問題は、自分の顔で、しかもある時期までは、男子も女子も、自分はいい顔をしている、とおもい込んでいるものなのだ。なぜなら子どもは主観の権化《ごんげ》だからである。それが大きくなるにつれて、どうもそうではないかもしれない……と気がつきはじめる。文学はここから発生する。

母の懐《ふところ》に一人だけ抱かれて、乳房にしゃぶりついている赤児《あかご》のころ、男子はみんなプリンス（王子）で、女子はプリンセス（王女）だ。だが、母から放って置かれることがふえて、自分は世界の中心ではない、と気づかされるにつれ、本当の母親は違うのではないか、ここは本当の家ではなく、自分はどこかよその子なのではないか……という疑問が生じて来る。つまり、主観と客観とのあいだには、距離があるらしい、と自覚するところから、リアリズムの文学がはじまり、現実の人生とは違った別の世界を夢想するところから、ロマンチシズムの文学がはじまる。

子どものころから馬鹿正直な太宰は、主観と客観の距離を測りたくて、女中たちに兄弟の顔の比較論を聞いて回った。長兄の次、といわれたのでは納得できない。何としても自分が一番と聞かなければ、満足できない。

私は何ごとにも有頂天になり易《やす》い性質を持っているが、入学当時は銭湯へ行くのにも学校の制帽を被《かぶ》り、袴《はかま》をつけた。そんな私の姿が往来の窓硝子《ガラス》にでも映ると、私は笑いながらそれへ軽く会釈《えしやく》をしたものである。

（「思い出」）

現実にそれとおなじ出来事はなかったとしても、圧倒的大多数の人が、この一節を読んだときには、あ、自分のことだ……と実感したに違いない。何を隠そう、ぼく自身がまさにそうだった。しかし、これは口に出すのは恥ずかしい心理である。

それを太宰は、まことに的確に、しかも絶妙の表現で、ぴたりと言い当てる。読むほうとしては、書かれているのは作者自身のことに違いないのに、自分の心の奥に隠しておきたかった秘密を、この人はどうしてこんなによく解《わか》るのだろう、という戦慄《せんりつ》を覚え、それが繰り返されるにつれ、やがて自他が逆転して、この人（太宰）を解るのは自分だけだ、という確信に変わり出す。

ぼくは長いこと、三鷹《みたか》・禅林寺《ぜんりんじ》の桜桃忌に行ったことがなかった。だが敗戦後間もないその初期のころに、集まったたくさんの若者たちが、お前に何が解る、太宰を解るのは自分だけだ、という視線で周囲を睥睨《へいげい》し、おたがい反目し合っているという話を聞き、その光景がまざまざと目に見えるような気がして、おもわず笑ってしまったことがある。ぼく自身、ずっと桜桃忌を敬遠しつづけたのは、太宰を真に理解しているのは自分だけだ、と勝手におもい込んでいたせいだろう。

実際は、太宰の小説ほど、誰にとっても抜群に解りやすくて面白いものは、めったにないのに……。

私は散りかけている花弁であった。すこしの風にもふるえおののいた。人からどんな些細《ささい》なさげすみを受けても死なん哉《かな》と悶《もだ》えた。

（「思い出」）

太宰は度外れて自尊心の強い人だった。

これも太宰だけのことではない。子どもはみんな主観の権化で、自尊心の塊である。心の底では、何でも自分が一番、と密《ひそ》かにおもっている。けれど、その過剰な自信は、さまざまな現実と衝突するたびに、鋭く傷つけられ、激しく揺れ動いて、脆《もろ》くも崩れ落ちる。

自己過信と自己卑下の両極端のあいだを、たえず揺れ動く振り子の往復運動——。

これが少年と少女の日常の姿だ。

そして太宰は、その振り子の揺れ幅が、普通の人より何倍も大きい。

したがって誇張された表現（しかし本人は誇張とはおもっていない）が、詩的な象徴の域にまで達しているので、読んだ人はやはり、これはまさしく自分のことだ、と感じないではいられないのである。

私は顔に興味を持っていたのである。読書にあきると手鏡をとり出し、微笑《ほほえ》んだり眉《まゆ》をひそめたり頬杖《ほおづえ》ついて思案にくれたりして、その表情をあかず眺めた。私は必ずひとを笑わせることの出来る表情を会得《えとく》した。目を細くして鼻を皺《しわ》め、口を小さく尖《とが》らすと、児熊《こぐま》のようで可愛《かわい》かったのである。

（「思い出」）

少年よりも少女のほうが、これは私のことだ、といっそう強く感じるだろう。

今では少女以上に鏡を見る回数の多い少年が、けっこうふえているかもしれないが、百年前に生まれた太宰は、当時からすでに同年代の少女よりも遥《はる》かに数多く、繰り返し鏡に自分の顔を映しては、矯《た》めつ眇《すが》めつして見つめる少年であった。

「自惚鏡《うぬぼれ》」という言葉がある。「広辞苑」には「(容貌を実際よりもよく見せる鏡、また、うぬぼれて絶えず見る鏡の意とも)江戸時代、それまでの和鏡に対し、ガラスに水銀を塗った洋鏡を指したとも、また一説に懐中鏡の一種で、人の居ない所でひとりで見たり、化粧をなおすのに用いたりした故《ゆえ》の名ともいう」と書かれているが、少年太宰と鏡の関係は、その説明の全部にぴったり当てはまる。自分の制服制帽姿を映して見た往来の窓硝子も、自惚鏡のひとつであったのに違いない。

少女にとって最高最大の関心事は、自分の顔で、性格を褒められるより、顔を褒められるほうが、何十倍も何百倍も嬉《うれ》しい。なぜなら性格のいい人ほど、自分の気持がころころ変わりやすく、人にいえないような悪い考えを持つ場合もしばしばあるのをよく知っているからだ。だから性格を褒められても嬉しくない。だが、顔は昨日と今日で変わることがなく、いつもおんなじで、まさに自己同一性《アイデンティティー》そのものだから、何よりもそこを褒められ、まずそこを好きになってほしいのである。

私はこの吹出物には心をなやまされた。そのじぶんにはいよいよ数も殖《ふ》えて、毎朝、眼をさますたびに掌で顔を撫《な》でまわしてその有様をしらべた。いろいろな薬を買ってつけたが、ききめがないのである。私はそれを薬屋へ買いに行くときには、紙きれへその薬の名を書いて、こんな薬がありますかって、と他人から頼まれたふうにして言わなければいけなかったのである。私はその吹出物を欲情の象徴と考えて眼の先が暗くなるほど恥しかった。いっそ死んでやったらと思うことさえあった。

（「思い出」）

ここに書かれているのも、少年よりも少女のほうが、いっそう強く感じる心理だろう。これを「ニキビ」と直接的に書いたのでは、この複雑微妙な感覚は伝わって来ない。間接的な表現にしなければ、とても語れないほど、それは奥深さと根深さをともなう恥ずかしさだったのである。ぼくも高校時代、はなはだ頑固なニキビに悩まされたが、「いっそ死んでやったら」とまでおもい詰めた記憶はない。

少女にとって、自分の顔は最高最大の関心事だから、吹出物の増加は、全世界の崩壊にも匹敵する大惨事で、「いっそ死んでやったら」に近いところまでおもい詰めることさえあったかもしれない。

太宰治はわが国の文学史上、もっとも数多くの女性読者を獲得した男性作家だともわれるが、それはかれが少女独特の感覚を殆《ほとん》ど肉体的に共有していたことと、無関係ではあるまい。

秋のはじめの或《あ》る月のない夜に、私たちは港の桟橋へ出て、海峡を渡ってくるいい風にはたはたと吹かれながら赤い糸について話合った。それはいつか学校の国語の教師が授業中に生徒へ語って聞かせたことであって、私たちの右足の小指に眼に見えぬ赤い糸がむすばれていて、それがするすると長く伸びて一方の端がきっと或る女の子のおなじ足指にむすびつけられているのである、ふたりがどんなに離れていてもその糸は切れない、どんなに近づいても、たとい往来で逢《あ》っても、その糸はこんぐらかることがない、そうして私たちはその女の子を嫁にもらうことにきまっているのである。

（「思い出」）

太宰の本を一冊も読んだことがなくても、「赤い糸」の話を知る人は、たいへんな数に上るだろう。恋愛をかなえられる男女はまだごく少数で、見合いのほうが圧倒的に多かった昔、ありふれた成り行きで結婚したカップルでも、それはじつは奇跡的な結びつきなのだ、と説いて、これほど神秘的で、ロマンチックな話はない。

太宰の死から五年目、昭和二十八年（一九五三）の青森における桜桃忌で、青森中学時代の恩師橋本誠一先生は、国語の教室であの話をしたのは私です、と明かした。橋本先生も、自分の話がこうまで日本中の若者のあいだに広まるとは、想像もつかなかったろう。それが太宰の筆の力によって、現代の神話にまで昇華された。その経過もまた奇跡的な物語であるといえよう。

みよは、動いたらしく顔から胸にかけての輪廓《りんかく》がぼっとしていた。叔母は両手を帯の上に組んでまぶしそうにしていた。私は、似ていると思った。

（「思い出」）

太宰の家は大地主で、父親は衆議院議員を務めていたから、母親も一緒に東京へ行って、家を留守にしている期間が長い。そこでまだ幼い子どもたちは、乳母によって育てられる。太宰の場合は、乳母が再婚して途中でいなくなったので、以後はもっぱら叔母（実母の妹）の手塩にかけられて養育された。

幼いころから不眠症気味だった太宰は、夜ごと添い寝して昔噺《むかしばなし》を聞かせながら寝かしつけてくれる叔母を、自分の本当の母親と信じこんで育った。

「思い出」の書き出しは、叔母と並んで黄昏《たそがれ》の門口に立っていたときの記憶で、つづく二節目も叔母の話ばかり。そして三節目は「叔母についての追憶はいろいろとあるが、その頃の父母の思い出は生憎《あいにく》と一つも持ち合せない」と語り出される。

大家族だったのに、兄たちや姉たちのことも覚えていない。叔母の記憶だけが、幼いころの全世界であったという。これはじつに異例の人間関係であり、奇妙な生活環境であったといわなければなるまい。

そして、語り手の「私」が初めて「赤い糸」で結ばれているように意識した小間使のみよを、叔母に「似ていると思った」という言葉で、この作品は閉じられる。

太宰の全生涯の謎《なぞ》を解く鍵《かぎ》が、ここに隠されているのではないだろうか。

いずれ後に触れるが、ぼくはそのように考える。

「ここを過ぎて悲しみの市《まち》」
友はみな、僕からはなれ、かなしき眼もて僕を眺める。友よ、僕と語れ、僕を笑え。ああ、友はむなしく顔をそむける。友よ、僕に問え。僕はなんでも知らせよう。僕はこの手もて、園を水にしずめた。僕は悪魔の傲慢《ごうまん》さもて、われよみがえるとも園は死ね、と願ったのだ。もっと言おうか。ああ、けれども友は、ただかなしき眼もて僕を眺める。

（「道化の華」）

喉《のど》から手が出るほど欲しかった芥川《あくたがわ》賞の受賞を期待して、同人雑誌「日本浪曼《ろうまん》派」に発表した自信作「道化の華」の書き出し。

「ここを過ぎて悲しみの市」は、ダンテの『神曲』で地獄の門に記されていた碑銘《エピグラフ》の一節で、それが解《わか》る少数の人を、なるほど、と強く頷《うなず》かせ、知らない多くの人には、何だろうとおもわせる——太宰得意のハッタリを強く利《き》かせた「ツカミ」である。

そこから引き入れられて読む者に、まず感じられるのは、語り手であってかつ主人公の「僕」が、友達のすべてに見捨てられ、誰にも理解してもらえない重大な秘密を隠し持つ、はなはだ孤独な存在である、ということだ。

さらに細かなことをいえば、冒頭の六行のあいだに、「僕」という一人称の代名詞が、九回も出てくる。無意識に読む者は、否応《いやおう》なしに、すべての関心を「僕」に集中させられ、その話に耳を傾けざるを得ない。

太宰文学に深く親しんだ人は、かれが並外れたナルシシストであり、自己中心主義者であることに、すでに感づいておられるだろう。たえず相手の顔色を読む太宰が、それに気づかないはずがない。だから六行目まで、一人称で語ってきた主人公が、行を改めた七行目から、こんどは「大庭葉蔵」という名前を持つ第三者として、もういちど新たな視点から見直して描かれることになる。

いや、待ち給《たま》え。こんな失敗もあろうかと、まえもって用意していた言葉がある。美しい感情を以《もっ》て、人は、悪い文学を作る。つまり僕の、こんなにうっとりしすぎたのも、僕の心がそれだけ悪魔的でないからである。ああ、この言葉を考え出した男にさいわいあれ。なんという重宝な言葉であろう。

（「道化の華」）

「美しい感情を以て、人は、悪い文学を作る」というのは、アンドレ・ジイドの「ドストエフスキー論」に出てくる言葉だ。すべての芸術作品は天国と地獄の接触点、あるいは天国と地獄の結婚の指輪である、というジイドの文学論の影響を受けて、太宰は物語だけをきちんと端正にまとめ上げた「道化の華」の原型をずたずたに切り刻み、作者本人をおもわせる主人公の大庭葉蔵とは別に、「僕」という語り手を随所に出没させて、作中人物を批評したり、作品そのものを批判したり、文学を論じたりする、すこぶる前衛的な作品に仕立て直した。

すなわち今日の言葉でいえば、小説のなかで小説そのものが論じられる「メタフィクション」（小説の小説）で、作品の完成度を別にするなら、太宰が友人たちに吹聴《ふいちょう》して回った通り、それまでの日本文学に前例のない実験的な小説であることに間違いはない。大庭葉蔵の姿勢も「僕」の考え方も、絶えずくるくると急転するので、この小説には、性格や思考の一貫性というものが、まったく見られない。おそらく太宰は、そのころはまだ一般に遣われていない言葉でいえば、アイデンティティー（自己同一性）の喪失こそが、現代人の特徴であるといいたかったのであろう。

しかし、そうした作品の意図も方法も、芥川賞の選考委員には理解されなかった。その失望が太宰をさらなる惑乱へと導いて行く。

僕はなぜ小説を書くのだろう。新進作家としての栄光がほしいのか。もしくは金がほしいのか。芝居気を抜きにして答えろ。どっちもほしいと。ほしくてならぬと。ああ、僕はまだしらじらしい嘘《うそ》を吐《つ》いている。このような嘘には、ひとはうっかりひっかかる。嘘のうちでも卑劣な嘘だ。僕はなぜ小説を書くのだろう。困ったことを言いだしたものだ。仕方がない。思わせぶりみたいでいやではあるが、仮に一言こたえて置こう。「復讐《ふくしゅう》」

（「道化の華」）

いったい、誰にたいする、あるいは何にたいする「復讐」なのだろう。

この点においても、今の若者が好んで口にする言葉のなかに、答えがありそうな気がする。いわく「リベンジ」。

自分の誇りを傷つけた者、自分を認めなかった者、自分を否定した者……。

それは世間全体であったかもしれない。

そうした一切のものにたいする「リベンジ」として、太宰は書きつづけた。

ここでいささかおもい切った推理をすれば、かれがもし、「道化の華」で芥川賞を受賞していたとしたら、高踏的で観念的な一部知識層にのみ高く評価される「純文学作家」にとどまって、今日のように世紀を超えてなお桁違《けたちが》いに広汎《こうはん》で大衆的な人気を博する大作家には、恐らくなっていなかったのではなかろうか。

老人ではなかった。二十五歳を越しただけであった。けれどもやはり老人であった。ふつうの人の一年一年を、この老人はたっぷり三倍にして暮したのである。二度、自殺をし損った。そのうちの一度は情死であった。三度、留置場にぶちこまれた。思想の罪人としてであった。ついに一篇も売れなかったけれど、百篇にあまる小説を書いた。しかし、それはいずれもこの老人の本気でした仕業ではなかった。謂《い》わば道草であった。

（「蝶蝶《ちようちよう》」）

四本の掌篇を合わせて一本の短篇に仕立てた「逆行」のなかで、冒頭に置かれたのが「蝶蝶」。それから「盗賊」「決闘」「くろんぼ」と並べられた順序とは逆に、時間は過去へ過去へと溯《さかのぼ》って行く。

主人公は「蝶蝶」が二十五歳の老人。「盗賊」は落第必至の東京帝大生。「決闘」は酒場の外の路上で百姓と喧嘩《けんか》をして殴り倒される北国の旧制高校生。「くろんぼ」はサーカスの見世物にされている黒人の女性に屈折した愛情を感ずる少年。

短い前半生を時系列と逆に描くところが、いかにも太宰好みの逆説である。

第一回の芥川賞の最終候補五作に残されたのは、太宰が期待していた「道化の華」ではなくて、この「逆行」のほうだった。

そして川端康成が選後評において、

「滝井（孝作）氏の本予選に通った五作のうち、例えば佐藤春夫氏は、『逆行』よりも『道化の華』によって、作者太宰氏を代表したき意見であった。

この二作は一見別人の作の如く、そこに才華も見られ、なるほど『道化の華』の方が作者の生活や文学観を一杯に盛っているが、私見によれば、作者目下の生活に厭《いや》な雲ありて、才能の素直に発せざる憾《うら》みあった」

と述べた言葉が、太宰をはなはだしく激昂《げっこう》させることになった。

ことし落第ときまった。それでも試験は受けるのである。甲斐《かい》ない努力の美しさ。われはその美に心をひかれた。

（「盗賊」）

ずいぶん恰好《かっこう》のいい書き方になっているけれど、実際に卒業不能の恐怖に怯《おび》えていた時期には、とてもこんな風なダンディズムを気取ってはいられなかったはずだ。昭和五年の鎌倉《かまくら》心中事件のあと、長兄津島文治とかわした約束の証文には、実家からの送金を停止あるいは廃止する条件のなかに、

一、理由ナク帝国大学ヲ退キタルトキ

二、妄《みだ》リニ学業ヲ怠リ卒業ノ見込ナキトキ

の二箇条がふくまれていた。

太宰の最初の卒業年限は昭和八年三月。その年も翌九年も卒業できず、さらに三度目の落第が決まった十年三月、かれは鎌倉で自殺未遂事件を起こす。近しい友人のなかには、これを卒業不能の申し開きをするための狂言と見た人が少なくなかった。

昭和八年から十年まで毎年三月が近づいて来るたびに、気の小さい太宰にはそれを考えたら夜も眠れぬほど、万力のようにだんだん圧力を増してくる卒業不能の恐怖と送金停止の不安に、ぎりぎりと心身を締めつけられる日々がつづいていた。

「盗賊」が発表されたのは昭和十年十月七日付の帝国大学新聞。ついこないだまでの恐怖と不安をけろりと忘れたような、まことに軽妙な筆致である。太宰はたぶん「喉元過ぎれば熱さを忘れる」性質だったのであろう。

やがて、あから顔の教授が、ふくらんだ鞄《かばん》をぶらさげてあたふたと試験場へ駈《か》け込んで来た。この男は、日本一のフランス文学者である。われは、きょうはじめて、この男を見た。なかなかの柄であって、われは彼の眉間《みけん》の皺《しわ》に不覚ながら威圧を感じた。この男の弟子には、日本一の詩人と日本一の評論家がいるそうな。日本一の小説家、われはそれを思い、ひそかに頬をほてらせた。

（「盗賊」）

あから顔の教授というのは辰野隆《たつのゆたか》で、太宰が東京帝大仏文科を受験したとき、試験場で「ぼくはフランス語はできません。英語で答案を書きますから、試験は合格させて下さい」と直訴した相手の監督官だったのだから、「きょうはじめて」見た、というのは正確ではない。だが当人としてはそう感じられるくらい、仏文科の教室とは丸っきり無縁の学生時代を送ったのだろう。

日本一の詩人と評論家というのは、三好達治と小林秀雄であるはずで、太宰は内心、仏文科で五年先輩の二人に並び称される小説家を目ざしていたわけだ。

ふつうあまりに直接的であったり、通俗にすぎるいい回しを、できるだけ避けたい作家としては、めったにつかえない「日本一」という言葉を、太宰は平気で、あるいは内心の躊躇《ちゆうちよ》を押し切って、敢然と筆にできる性格だった。

気は小さいけれど、志はつねに大きかったのである。

おい。見《み》給《たま》え。青扇の御散歩である。あの紙凧《かみだこ》のあがっている空地だ。横縞《よこじま》のどてらを着て、ゆっくりゆっくり歩いている。なぜ、君はそうとめどもなく笑うのだ。そうかい。似ているというのか。――よし。それなら君に聞こうよ。空を見あげたり肩をゆすったりうなだれたり木の葉をちぎりとったりしながらのろのろさまよい歩いているあの男と、それから、ここにいる僕と、ちがったところが、一点でも、あるか。

（「彼は昔の彼ならず」）

あるいは天才かもしれない自称書道教授木下青扇を主人公にした小説のラストで、語り手の「僕」は、突然、読者を「君」と呼んで、意外な質問を発する。

このように読者に向かって、直接「君」と呼びかけ、不特定多数に宛《あ》てられた小説を、個人的な手紙のように感じさせる語り口は、太宰独特のものだ。

私信は一通しかあり得ないが、印刷を前提として書かれる小説は、とうぜん複数の読者を想定し、さらにその数がどこまでも、いつまでもふえていくのを期待する。

遥《はる》かに遠い昔から延々と取り交わされてきた個人的な手紙と、近代社会における小説の働きとを結びつけた独自の〈語り〉こそは、もっとも初期の段階から作品のなかに仕掛けられた太宰の最大の発明であった。

だから、かれの愛読者は、不特定多数を対象とする小説を、自分一人に宛てられた私信のように感じて、読むたびにますます愛着の度合を強め、胸に深く抱きしめたくなるのである。

私たち三人は兄弟だ。きょうここで逢《あ》ったからには、死ぬるとも離れるでない。いまにきっと私たちの天下が来るのだ。私は芸術家だ。仙術太郎氏の半生と喧嘩《けんか》次郎兵衛氏の半生とそれから僭越《せんえつ》ながら私の半生と三つの生きかたの模範を世人に書いて送ってやろう。かまうものか。嘘《うそ》の三郎の嘘の火焔《かえん》はこのへんからその極点に達した。私たちは芸術家だ。王侯といえども恐れない。金銭もまたわれらに於《お》いて木葉の如《ごと》く軽い。

（「ロマネスク」）

生前から死後も長く太宰治は、もっぱら実生活に材を取った私小説の作家と目されてきたのだが、じつは天性の物語作者《ストーリーテラー》であり、空想力を自在に発揮するフィクションの創作にこそ最大の本領があったことを、鮮やかに証明する最初の作品が「ロマネスク」で、物語の興趣だけにとどまらず、変転を繰り返す話術の巧みさ、絶妙な表現が相次いで意表を突く文章の警抜さによって、小説の楽しさを満喫させ、読む者を微苦笑と哄笑《こうしょう》にいざなって行く。

これは作者がやがて、わが国の文学史上もっとも多量の笑いをふくむ小説の書き手となるのを予告する最初の作品でもあって、反時代的な仙術太郎の「悠揚」、無頼派喧嘩次郎兵衛の「豪放」、戯作者《げさくしゃ》嘘の三郎の「軽妙」と、三者三様のユーモアが見事に描き分けられているのには、笑いながら同時に舌を巻かずにいられない。

三者はいずれも作者の分身で、つまり太宰は、反時代的で無頼派の嘘つきこそ誠の芸術家で、これからはわれわれの天下なのだ……と、それまで文壇の主流であった自然主義リアリズムに対抗する新たなロマン派の出発宣言をも行なっていたのである。

長え長え昔噺《むがしこ》、知らへがな。
山の中に橡《とち》の木いっぽんあったずおん。
そのてっぺんさ、からす一羽来てとまったずおん。
からすあ、があて啼《な》けば、橡の実あ、一つぼたんて落づるずおん。
また、からすあ、があて啼けば、橡の実あ、一つぼたんて落づるずおん。
また、からすあ、があて啼けば、橡の実あ、一つぼたんて落づるずおん。
…………………

（「雀《すずめ》こ」）

「雀こ」の冒頭に、まるで詩のような形で引用されているのは、太宰が幼いころ実際に津軽の西北地方で語られていた昔噺《むかしばなし》で、途中からおなじ文句が延々と繰り返されるのは、いつまでも切りなく話をせがんで寝ない子を諦《あきら》めさせて、眠らせるための「果てなし話」「きりなし話」だからである。

毎晩添い寝していた叔母のきゑは、この話を数え切れないくらい不眠症の太宰に聞かせたことだろう。同一のフレーズを子守唄《うた》のように、または呪文《じゆもん》のように、眠気に誘われた子どもが完全に目を閉じて寝息を立てるまで、どこまでも際限なく繰り返す。詩でいえば脚韻のような「ずおん」は、ナニナニだ「そうな」という意味の津軽弁だ。（この「ずおん」の発音は、口から鼻に抜けるので、どこかフランス語をおもわせる響きもある）

幼い太宰にとって日常の会話とは別の次元で物語られる言葉は、旋律と韻律を帯びた詩か音楽として、あるいは呪力を籠《こ》められた言霊《ことだま》として、耳元に繰り返し囁《ささや》かれ、風のない夜の雪のように、しんしんと夢の世界の底に降り積もって行った。

耳から流れこむ言葉の音楽は、その懐《ふところ》に抱かれて乳の出ない叔母の乳首を銜《くわ》えて吸う肉体的な歓《よろこ》びと一体になっている。物心ついたころから、太宰にとって言葉は快楽の源泉であった。

「自意識過剰というのは、たとえば、道の両側に何百人かの女学生が長い列をつくってならんでいて、そこへ自分が偶然にさしかかり、そのあいだをひとりで、のこのこ通って行くときの一挙手一投足、ことごとくぎこちなく視線のやりば首の位置すべてに困《こう》じ果てきりきり舞いをはじめるような、そんな工合《ぐあ》いの気持ちのことだと思うのですが、……」

（「ダス・ゲマイネ」）

思春期の男女をはなはだしく悩ませるものの一つに「自意識」という問題がある。自分が他人の目に、とくに好きな異性の目に、どう映っているか……。そういう自意識に思考も行動もがんじがらめに縛られて、手も足も出ない。

太宰はこの自意識の分析と描き方が、飛び抜けて巧みな作家であった。

なかでも「ダス・ゲマイネ」のこの一節は、まさに絶妙の分析で、自意識の過剰は異性を意識しはじめる思春期において最大の問題の一つであるから、昔も今もそれに悩み苦しむ時期の男女が、こうも鮮やかな分析の手際《てぎわ》を見せてくれる太宰に、魅力を感じないはずがない。

「ダス・ゲマイネ」の主題は、四方が自意識の鏡の部屋にいて、自分の影は周囲に無数に映っているが、肝心の中心には何ものも存在していない、という自己喪失の感覚である。その中心の空白に、ずっと麻薬の注射液を注ぎつづけていたら、太宰は完全に崩壊して廃人となるか、死に至っていたかもしれない。

そうはならなかったのは、やがて中心の空白を満たして、人格の統一性を回復させる奇跡が起こったからである。この奇跡がなければ、質量ともに群を抜いた秀作が連発される中期以降の太宰文学も存在しなかったろう。

聖書一巻によりて、日本の文学史は、かつてなき程の鮮明さをもて、はっきりと二分されている。マタイ伝二十八章、読み終えるのに、三年かかった。マルコ、ルカ、ヨハネ、ああ、ヨハネ伝の翼を得るは、いつの日か。

（「HUMAN LOST」）

昭和十一年十月、麻薬中毒が昂進《こうしん》して、精神病院に入れられたときの断片的な思考を、おもいつくままに脈絡なく綴《つづ》り合わせた作品の一節。

病院側は最初、良家の患者ということで、本館二階の見晴らしがきく明るい開放病室を用意したが、縊死《いし》企図の惧《おそ》れがあるということで、中一日おいて閉鎖病棟に移した。禁断症状は相当ひどく、不眠、興奮がつづき、担当の中野嘉一医師は、不法監禁だ、告訴する、と何度も脅かされた。廊下を徘徊《はいかい》し、大声で「不法監禁、不法監禁」と叫んだりした。

病院は、太宰の要求をいれて、特別に机、便箋《びんせん》、鉛筆を与えた。

退院後に太宰は、クリスチャンの友人鰭崎潤に宛てた手紙で、

「入院中はバイブルだけ読んでいた」

と伝えている。

閉鎖病棟の個室――窓に鉄格子《ごうし》が嵌《は》められた独房のような六畳の部屋で、太宰の机上には、書物としてはただ一冊、すべての目あてを失って彷徨《ほうこう》する者の、魂の荒野の涯《はて》に現われた救い主イエスの奇跡的な言行を伝える聖書だけが置かれていた。

お医者の世界観は、原始二元論ともいうべきもので、世の中の有様をすべて善玉悪玉の合戦と見て、なかなか歯切れがよかった。私は愛という単一神を信じたく内心つとめていたのであるが、それでもお医者の善玉悪玉の説を聞くと、うっとうしい胸のうちが、一味爽涼《そうりょう》を覚えるのだ。

（「満願」）

太宰文学の輝かしい中期の出発を告げる掌篇「満願」の発端部分で、「愛という単一神」とは、イエス・キリストのことである。

イエスにたいする太宰の関心は、かなり前にはじまっていて、昭和八年の秋、左翼運動の嫌疑で警察に留置されて取調べを受けたさい、芝区白金三光町の仮住まいの家を捜査に行った刑事の話では、身の回りに聖書以外、本らしきものはなかった……という。

麻薬中毒の度が徐々に増しつつあった昭和十年秋、太宰は年下の友人鰭崎潤に借りた内村鑑三《かんぞう》の本に読み耽《ふけ》って、繰り返し「神は愛なり」と強調し「愛は進化の終極なり、最大の能力なり、愛に達して我等は世界最大の者となるなり」と説く内村の教えを心に深く銘記した。その教えが、やがて精神病院から出て来た太宰を支える根底の力になったものとおもわれる。

そしてそれからまだかなり時間はかかるのだが、太宰は「愛という単一神」を信じたく内心つとめることによって、いったん完全に崩壊しかけた人格の統一性を、少しずつ回復して行くのである。

八月のおわり、私は美しいものを見た。朝、お医者の家の縁側で新聞を読んでいると、私の傍に横坐《よこずわ》りに坐っていた奥さんが、「ああ、うれしそうね」と小声でそっと囁いた。

ふと顔をあげると、すぐ眼のまえの小道を、簡単服を着た清潔な姿が、さっさっと飛ぶようにして歩いていった。白いパラソルをくるくるっとまわした。

「けさ、おゆるしが出たのよ」奥さんは、また、囁く。

三年、と一口にいっても、――胸が一ぱいになった。年つき経《た》つほど、私には、あの女性の姿が美しく思われる。あれは、お医者の奥さんのさしがねかも知れない。

（「満願」）

医者が若い夫人に何を禁じ、その日、何のおゆるしが出たのかは、あらためていうまでもないであろうけれど、それが「言外の意味」として表現されたところから、明るいエロチシズムと生きる歓《よろこ》びを、読む者にまざまざと伝える清新な感動が生まれた。日常的で淡々としたスケッチに見えて、じつは高度に精妙な小説技法を駆使して書かれた僅《わず》か四枚強の「満願」(この題がまた素晴らしい)は、写真を見ただけでまだ会ったことのないただ一人の読者に、太宰がみずからの実力を証明してみせた試験の答案であり、また求婚状でもあったのに相違ないとおもわれる。

そのただ一人の読者とは、女子大生なるものが未《いま》だ一般的には存在しなかった当時、女子の最高学府とされていた東京女子高等師範学校(現・お茶の水女子大学)出身の才媛《さいえん》石原美知子である。

井伏鱒二の仲立ちで話が進められていた見合いの相手として、太宰が石原美知子の写真を渡されたのが、昭和十三年七月の上旬――。「満願」が書かれたのは、その月の下旬であった。九月十八日に見合いが行なわれたあと、出版元の砂子屋《まなごや》書房から太宰の第一創作集『晩年』と、おなじく砂子屋書房から刊行されている雑誌「文筆」の九月号が、石原美知子に送られてきた。短篇小説を特輯《とくしゅう》したその雑誌には、錚々《そうそう》たる顔ぶれの中堅作家にまじって、太宰治の「満願」が掲載されていた。

井伏氏は、ちゃんと登山服着て居られて、軽快の姿であったが、私には登山服の持ち合せがなく、ドテラ姿であった。茶屋のドテラは短く、私の毛臑《けずね》は、一尺以上も露出して、しかもそれに茶屋の老爺《ろうや》から借りたゴム底の地下足袋をはいたので、われながらむさ苦しく、少し工夫して、角帯をしめ、茶店の壁にかかっていた古い麦藁《むぎわら》帽をかぶってみたのであるが、いよいよ変で、井伏氏は、人のなりふりを決して軽蔑《けいべつ》しない人であるが、このときだけは流石《さすが》に少し、気の毒そうな顔をして、男は、しかし、身なりなんか気にしないほうがいい、と小声で呟《つぶや》いて私をいたわってくれたのを、私は忘れない。とかくして頂上についたのであるが、急に濃い霧が吹き流れて来て、頂上のパノラマ台という、断崖《だんがい》の縁《へり》に立ってみても、いっこうに眺望がきかない。何も見えない。井伏氏は、濃い霧の底、岩に腰をおろし、ゆっくり煙草《たばこ》を吸いながら、放屁《ほうひ》なされた。いかにも、つまらなそうであった。

（「富嶽《ふがく》百景」）

太宰のユーモアの醸成法がよく解《わか》る一節である。

まず自分の外見の戯画化。滑稽《こっけい》な感じが鮮明に映るよう視覚的に描く。もう一つは、実在の人物を対象にして、面白くするために話を誇張し、ときには話を作ることも恐れない。

文中において「放屁なされた」と書かれた井伏鱒二が、事実無根であると抗議すると、太宰は「いや、たしかになさいました」といい、さらに「一つだけでなく、二つなさいました」といい張って聞かなかった。極力そう主張するので、井伏は自分でも、したかもしれない……と錯覚を起こしだし、ついには実際に放屁したとさえおもうようになった、という。

井伏が実際にしたかどうかについては、していない、とその場に居合せなかったにもかかわらず、ぼくは自信をもって断言する。

もし実際にしたとすれば、太宰が小説に書くはずがない。事実無根の創作であればこそ、「放屁なされた」と敬語を用いて、師にたいしてまことに恐れ多い、失敬な話を書くことができた。

そして書かれたほうは実際にしたような錯覚にとらわれはじめる。「ロマネスク」に出てくる言葉でいえば、人間万事嘘《うそ》は誠。まさに創作の魔術、恐るべし、である。

老婆《ろうば》も何かしら、私に安心していたところがあったのだろう、ぼんやりひとこと、

「おや、月見草」

そう言って、細い指でもって、路傍の一箇所をゆびさした。さっと、バスは過ぎてゆき、私の目には、いま、ちらとひとめ見た黄金色の月見草の花ひとつ、花弁もあざやかに消えず残った。

三七七八米《メートル》の富士の山と、立派に相対峙《あいたいじ》し、みじんもゆるがず、なんと言うのか、金剛力草とでも言いたいくらい、けなげにすっくと立っていたあの月見草は、よかった。富士には、月見草がよく似合う。

（「富嶽百景」）

「富嶽百景」を永遠の名作にしたこの「月見草」について、太宰文学の卓越した研究者相馬正一《そうましょういち》は、傾聴に値する疑問を提出する。

月見草はその名の通り、夕方開いて朝にはしぼむ習性を有する花である。

それなのに、バスの女車掌が、きょうは富士がよく見えますね、といった好天の日中、月見草が黄金色の花弁も鮮やかに「すっくと立っていた」というのは、果して本当だろうか……という疑問である。

ここでもぼくは、その場に居合せなかったにもかかわらず、これは作者のイメージのなかにしか存在しない月見草である、と断定する。

わが国の伝統的な私小説を貶《おとし》めるさいに、よく用いられる言葉でいえば、実際に起きたことをそのまま書いた「身辺雑記」風に見える「富嶽百景」も、じつは作者の意識と無意識の双方にもとづく精妙な計算により、さまざまな虚構を組み合わせて創《つく》り上げられた、完璧《かんぺき》な小説である。

「私」という一人称で書けば、作中に起こる出来事を全部、事実と信じこむ奇妙な習慣が、かつてわが国には存在した。そのころ、わが国の読者ならたいてい現実にあった話とおもいこむ私小説のスタイルで、構想力の産物であるフィクションを書いたのも、太宰治の画期的な発明のひとつであった。

子供のころから、お洒落《しゃれ》のようでありました。小学校、毎年三月の修業式のときには必ず右総代として校長から賞品をいただくのであるが、その賞品を壇上の校長から手渡してもらおうと、壇の下から両手を差し出す。厳粛な瞬間である。その際、この子は何よりも、自分の差し出す両腕の恰好《かっこう》に、おのれの注意力の全部を集めているのです。絣《かすり》の着物の下に純白のフランネルのシャツを着ているのですが、そのシャツが着物の袖口《そでぐち》から、一寸《いっすん》ばかり覗《のぞ》き出て、シャツの白さが眼にしみて、いかにも自身が天使のように純潔に思われ、ひとり、うっとり心酔してしまうのでした。

（「おしゃれ童子」）

どうです、このナルシシズム。

自分は決してナルシシストではない、と固く信じている人でも、きっと何かおもい当たる点があるはずだ。実際は程度の違いだけで、人間は誰でもたいていナルシシストなのである。

ここでは、これ以上の説明はしない。

あとは自分自身の胸に聞いて見なさい。

太宰の小説が好きで堪《たま》らないとすれば、それが何よりの証拠である。

「瀟洒《しょうしゃ》、典雅」少年の美学の一切は、それに尽きていました。いやいや、生きることのすべて、人生の目的全部がそれに尽きていました。マントは、わざとボタンを掛けず、小さい肩から今にも滑り落ちるように、あやうく羽織って、そうしてそれを小粋《こいき》な業だと信じていました。どこから、そんなことを覚えたのでしょう。おしゃれの本能というものは、手本がなくても、おのずから発明するものかも知れません。

（「おしゃれ童子」）

実際は幼いころから、太宰にはつねに何かおしゃれの手本があって、それを忠実に見習っていた。

並外れて早熟だったかれは、女中で家庭教師役のタケに教えられて、小学校の入学年齢に達する二年前、すでに「尋常小学読本」の巻一を丸暗記していた。

それを知った学校側は、金木の殿様ともいうべき津島家の御曹子《おんぞうし》の修治に、特別の待遇を与える。正式に入学できるのは、数えの八つからだが、その二年前から教室の一隅に机と椅子《いす》を与え、タケと一緒に登校するのを許したのだ。

六つの修治は、毎日弁当を持って教室に通い、年上の生徒と席を並べて授業を受け、祝日には、真新しい井桁《いげた》絣の筒袖に縞《しま》の馬乗り袴《ばかま》、後ろに二本リボンの垂れたお気に入りの水兵帽……という、回りの子どもたちとはまったく異なった晴れ姿で、学校で行なわれる式の列に並んだ。

その姿は、尋常小学読本巻一の二頁《ページ》目に出てくる子どもの服装と、まったくおなじものだった。つまり、修治は、教科書の挿絵から抜け出したような恰好《かっこう》で、学校の式に参列していたのである。

ふと少年は妙なことを考えました。それは股引《ももひき》に就いてでありました。紺の木綿のピッチリした長股引を、芝居の鳶《とび》の者が、はいているようですけれど、あれを欲しいと思いました。ひょっとこめ、と言って、ぱっと裾《すそ》をさばいて、くるりと尻《しり》をまくる。あのときに紺の股引が眼にしみるほど引き立ちます。さるまた一つでは、いけません。

……………

なんだか心細くなって、それでも勇気を鼓舞して、股引ありますか、と尋ねたら、あります、と即座に答えて持って来たものは、紺の木綿の股引には、ちがい無いけれども、股引の両外側に太く消防のしるしの赤線が縦にずんと引かれていました。流石《さすが》にそれをはいて歩く勇気も無く、少年は淋《さび》しく股引をあきらめるより他《ほか》なかったのです。

（「おしゃれ童子」）

太宰が股引を探し求めて走り回った城下まちというのは、ぼくの郷里弘前《ひろさき》である。青森中学を「四年修了」（普通なら五年）で受験した全国共通の旧制高校選抜試験で、第一志望の第一高等学校へは得点が及ばず入れなかったけれど、青森、秋田、岩手三県で唯一《ゆいいつ》の旧制高校であった弘前高等学校文科甲類に合格して入学した。

弘前市内の自宅から通う生徒以外の新入生は全員、構内の寄宿舎北溟《ほくめい》寮に入寮する規則になっていたのだが、蛮カラ風の共同生活に恐怖を抱いた太宰の希望によって、病弱を理由に、学校に近い遠縁の藤田家に下宿することになった。

藤田家の子ども（ぼくの高校時代の先生）は、英国の海軍将校の写真をまね、胴を細くしぼった特別仕立てで、裾の長いダブルのオーバーを着た太宰が、鏡に向かっていろいろなポーズをとっていた姿を記憶している。

弘高に入学した年の夏、誰よりも尊敬していた芥川龍之介の自殺に強烈極まりない衝撃を受けた太宰の生活は、傍目《はため》には奇矯とおもえるほどの変化を見せはじめた。

高価な結城紬《ゆうきつむぎ》の着物を誂《あつら》え、それに角帯をしめて雪駄《せった》をはき、下宿からさほど遠くない女師匠の家に通って、義太夫《ぎだゆう》の稽古《けいこ》に熱中しだしたのだ。

元芸妓《げいぎ》の竹本咲栄という三十代なかばの師匠から習ったのは「朝顔日記」「紙治《かみじ》」「野崎村」等で、これが後の太宰文学に大きな影響を及ぼすことになる。

あさ、眼をさますときの気持ちは、面白い。かくれんぼのとき、押入れの真暗い中に、じっと、しゃがんで隠れていて、突然、でこちゃんに、がらっと襖《ふすま》をあけられ、日の光がどっと来て、でこちゃんに、「見つけた！」と大声で言われて、まぶしさ、それから、へんな間の悪さ、それから、胸がどきどきして、着物のまえを合せたりして、ちょっと、てれくさく、押入れから出て来て、急にむかむか腹立たしく、あの感じ、いや、ちがう、あの感じでもない、なんだか、もっとやりきれない。箱をあけると、その中に、また小さい箱があって、その小さい箱をあけると、またその中に、もっと小さい箱があって、そいつをあけると、また、また、小さい箱があって、その小さな箱をあけると、また箱があって、そうして、七つも、八つも、あけていって、とうとうおしまいに、さいころくらいの小さい箱が出て来て、そいつをそっとあけてみて、何もない、からっぽ、あの感じ、少し近い。

（「女生徒」）

「女生徒」が愛読者から送られてきた日記にもとづいて書かれたことは、美知子夫人の解説の文章によって早くから知られていたが、平成十二年に青森県近代文学館から初めて翻刻刊行された「資料集　第一輯《しゅう》　有明淑《ありあけしず》の日記」に当たってみると、想像以上に日記の原文をそのまま写していたことが解《わか》る。とくにあの印象的な「眼鏡は、お化け」の言葉が出てくる一節など、ほとんど丸写しに近い。

だが、太宰が何より重んずる書き出しと結びの部分は、原文にはない。ここに引いた書き出しを読んで、たいていの人は、なんて上手《うま》いんだろう、と感嘆を禁じ得ないのではなかろうか。

太宰になったつもりでいえば、ほかの誰にも似ていない自分だけの文体で、ここまで創作すれば、あとはもう、こっちのものなのである。作曲家の仕事を冒頭でなし終えたあとは、腕に覚えの編曲者、演奏者となり、いわば原作の日記に書かれた数々のモチーフを、自分の作家的本能によって自由に取捨選択し、時間を自在に組み換え、三月の時の流れをわずか一日に凝縮して、行間に秘められたデリケートな感情の襞《ひだ》を、本人以上に表情豊かに浮かび上がらせて行く。

太宰がもっとも得意とする「女性一人称の独白体」というスタイルは、この「女生徒」によって確立された。

眠りに落ちるときの気持って、へんなものだ。鮒《ふな》か、うなぎか、ぐいぐい釣糸をひっぱるように、なんだか重い、鉛みたいな力が、糸でもって私の頭を、ぐっとひいて、私がとろとろ眠りかけると、また、ちょっと糸をゆるめる。すると、私は、はっと気を取り直す。また、ぐっと引く。とろとろ眠る。また、ちょっと糸を放す。そんなことを三度か、四度くりかえして、それから、はじめて、ぐうっと大きく引いて、こんどは朝まで。

おやすみなさい。私は、王子さまのいないシンデレラ姫。あたし、東京の、どこにいるか、ごぞんじですか？　もう、ふたたびお目にかかりません。

（「女生徒」）

おそらく太宰は、未知の愛読者から送られてきた日記のなかに、年齢はずっと下であるけれど、自分と瓜《うり》二つの感受性をもつ小さな同志を見出《みいだ》したのだろう。そして繰り返し熟読するうちに、いつしか相手になり代わり、まるで「口寄せ」をするイタコのように、有明淑の言葉を自分の声で語りはじめた。

またこうもいえる。心の底ではいつも、役者になりたい、と願っていたかれにとって、「書く」ことは、作中人物に扮《ふん》して、読者に演じてみせることでもあった。その演技力は、自分とは反対の性――すなわち女性に扮したときに、いちばん効果的なものになる。読者にたいしてばかりでなく、自分自身のなかに女性の部分を豊かに具有していた作者本人にとっても。

太宰が本当になりたかったのは、役者のなかでも女形《おんながた》であり、さらにいえば女優であったのかもしれない。

未知の愛読者有明淑に扮して、おもうぞんぶん演じ切ったのち、ラストにおいて、日記の原文にはないイメージを、想像力の能《あた》うかぎり一杯にふくらませ、眠りに落ちていく「私」の気持を、これ以上ないほど鮮やかに描き出して、最後の一行を書き終えたとき、自己陶酔癖の強い太宰は、この話全体がそっくり自分の創作であることを、まるで疑っていなかったに相違ないとおもう。

申し上げます。申し上げます。旦那《だんな》さま。あの人は、酷《ひど》い。酷い。はい。厭《いや》な奴《やつ》です。悪い人です。ああ。我慢ならない。生かして置けねえ。

はい、はい。落ちついて申し上げます。あの人を、生かして置いてはなりません。世の中の仇《かたき》です。はい、何もかも、すっかり、全部、申し上げます。

（「駈込《かけこ》み訴え」）

この書き出しからはっきり解るように、「駈込み訴え」は男性一人称による独白体で、太宰独特の話し言葉による〈語り〉の魅力が、最高度に発揮された作品である。それは、口述筆記という方法によって書かれたことと無関係ではなかったろう。

このとき太宰には、読者や編集者や同業者よりもまえに、まずぜひとも感心させなければならないただ一人の相手がいた。当時のわが国では最高水準の教養を身につけた最初の読者——すなわち口述筆記のペンを走らせる新妻の美知子である。

美知子は後年、当時を回想しておおよそ次のように書いた。

「駈込み訴え」は昭和十四年の十二月、炬燵《こたつ》に当たって、盃《さかずき》を含みながら、全部口述して出来た。仕事にかかるまえは、傍の目にも苦しげで、痛々しく見えたが、仕事にかかると、頭のなかにもう、出来ていた様子で、憑《つ》かれた人の如く、その面持はまるで変わって、こわいものにみえた。「駈込み訴え」のときも二度くらいにわけて、口述し、淀《よど》みも、言い直しも無かった。言った通り筆記して、そのまま文章であった。

書きながら、私は畏《おそ》れを感じた……。

この作品を太宰は聖書と首っぴきで書いたのではなかった。イエス・キリストの生涯は、ずっとまえから読みつづけてきた聖書と、私淑する塚本虎二《とらじ》が雑誌「聖書知識」に連載していた「イエス伝研究」を熟読して、すでにかれの血肉と化していたのだ。

はい、旦那さま。私は嘘《うそ》ばかり申し上げました。私は、金が欲しさにあの人について歩いていたのです。おお、それにちがい無い。あの人が、ちっとも私に儲《もう》けさせてくれないと今夜見極めがついたから、そこは商人、素速く寝返りを打ったのだ。金。世の中は金だけだ。銀三十、なんと素晴らしい。いただきましょう。私は、けちな商人です。欲しくてならぬ。はい、有難う存じます。はい、はい。申しおくれました。私の名は、商人のユダ。へっへ。イスカリオテのユダ。

（「駈込み訴え」）

なんという鮮やかな結末！

途中からおおよそ見当はついていたにしても、文字通り最後の最後で語り手の名が初めて明かされ、薄い目の鱗《うろこ》を落とされた読者は、全体の視野が一挙に鮮明になった気がして、胸のすくような快感を覚える。

異性愛と同性愛がまじりあっているようなユダの、イエスにたいする屈折した愛情と嫉妬《しっと》は、いかにも現代的であり、現世の喜びと金銭しか信じない点では、典型的な近代人といえよう。かれは神を信じない。イエスをもっぱら人の子と見て、さまざまに近代的で合理的な解釈を施そうとし、かえって混乱に陥る。

混乱が深まれば深まるほど、その視線の向こうにある「あの人」のこの世ならぬ美しさは、いっそう輝きを増し、ついにユダの裏切りによって、イエスが神の子であることは、決定的に証明されるに到《いた》るのである。

その逆説《パラドックス》が、この作品の最大の眼目だ。

太宰の小説は、自作自演の演劇でもあると前に述べたが、この作品でみずから演じてみせたのは、イエスとユダの二役である。だから、太宰が神の子イエスと現代人ユダの双方を、鮮やかに対照させ、自分の目の前で見事に演じて行くのに接したとき、美知子が畏れを感じたのも、無理はなかったのである。

メロスは激怒した。必ず、かの邪智暴虐《じゃちぼうぎゃく》の王を除かなければならぬと決意した。メロスには政治がわからぬ。メロスは、村の牧人である。笛を吹き、羊と遊んで暮して来た。けれども邪悪に対しては、人一倍に敏感であった。

（「走れメロス」）

結びのあとに（古伝説と、シルレルの詩から。）と記されるこの作品で、太宰が試みようとしたのは、文体の実験であった。

太宰は少年のころから傾倒した芥川龍之介と井伏鱒二のほかに、森鷗外《おうがい》を深く畏敬《いけい》していた。「走れメロス」の前に書いた「女の決闘」の導入部において、クライストを訳した鷗外の文章の気魄《きはく》を絶賛した太宰は、たぶん鷗外がクライストを訳したのとおなじ調子で、シラーの詩を散文に翻訳しようとしたものとおもわれる。

これまでかれが得意としていた文体は、饒舌《じょうぜつ》調の話体による一人称の〈語り〉で、それは「女生徒」と「駈込み訴え」で、ほぼ完璧《かんぺき》とおもえる域にまで到達した。けれど、主人公を三人称で描く客観小説においては、まだ成功したことがない。自分にはそれもできることを、ここで読者に証明してみせたかった。

書き出しからして、クライストの鷗外訳のように、余計な饒舌をいっさい省き、端正にして簡潔を極め、弓の弦《つる》のように張りつめて緊張した文体で、冒頭から裂帛《れっぱく》の気魄を示し、最後まで太い火柱の情熱で貫こう……という制作意図のもとに筆が執られたのに違いないと考えられるのは、こうした文体の作品は、これまでの太宰になく、これ以後もないからである。

今はメロスも覚悟した。泳ぎ切るより他に無い。ああ、神々も照覧あれ！　濁流にも負けぬ愛と誠の偉大な力を、いまこそ発揮して見せる。

（「走れメロス」）

書き出しからまことに格調高く簡潔に綴《つづ》られてきた文章の調子が、クライマックスに到って急に変わりだす。それまでの規律正しい散文が、打って変わってわが国古来の七五調の韻律を帯びるのである。

とくにメロスが濁流を泳ぎ切るくだりは、太宰が高校時代に習った義太夫《ぎだゆう》「朝顔日記」で、盲目の女主人公が豪雨のなか別れた恋人を追って行く場面に、描写も調子もそっくりだ。客観的な散文を志して出発しながら、最高潮の箇所にさしかかると、太宰の文章はわが国の伝統的な邦楽の韻律と旋律を奏《かな》ではじめる。

七五調は、日本人にはとても調子よく聞こえて、一種の生理的な快感を呼び起こすリズムだ。戦前から戦中、戦後のある時期まで、若者の多くにとっては、活字が主食で音楽は副食であったが、文学に代わって音楽が主食の座を占めた今も、太宰の作品が若い男女を惹《ひ》きつけてやまない理由の一つは、表面的には散文のように見えて、じつは胸中で音読するうち、肉体的な快感を呼び覚ます詩であり音楽であるからなのだ。

文芸とはつまるところ、文体にきわまる。

現代の若者に、ともに「落語」を最も基本的な教養としていた夏目漱石《そうせき》と太宰治だけが読まれつづけているのは、すこぶる平明で歯切れがよく読みやすい口語性に加えて、いまなお新鮮さを失わない、抜群の生命力を持った独特の文体によるのである。

ひとりの少女が、緋《ひ》のマントをメロスに捧《ささ》げた。メロスは、まごついた。佳《よ》き友は、気をきかせて教えてやった。

「メロス、君は、まっぱだかじゃないか。早くそのマントを着るがいい。この可愛《かわい》い娘さんは、メロスの裸体を、皆に見られるのが、たまらなく口惜《くや》しいのだ」

勇者は、ひどく赤面した。

（「走れメロス」）

シラーの原詩でもそうなっているのだが、処刑を前にして自分の口から親友を人質にすることを申し出るメロスは、よく考えればずいぶん身勝手な男である。辛うじて間に合ったからよかったものの、あとほんの少しでも遅れていれば、自分一個のヒロイズムとロマンチシズムのために、親友を死なせてしまったかもしれないのだ。

客観的な小説を目ざした「走れメロス」においても、縷々《るる》として述べられたのは、結局、それまでの一人称小説とおなじ作者の主観的真実であった。主観的な真実や正義とは、往々にして一方的で、ときには危険で傍迷惑なものだ。だが、結末の数行で、物語は鮮やかに変貌《へんぼう》する。

「走れメロス」において、太宰は、正義や人間にたいする愛を、照れもせず、ちょうど素裸になったメロスをおもわせる率直さで、むきだしに、ひたむきに語りつづけ、そして最後に「勇者は、ひどく赤面した」と結ぶことで、メロスの単純で素朴な正義に、一筆で陰翳《いんえい》をあたえ、物語の全篇をそれこそ矢をつがえた弓の弦のように、きりりと引き絞った。

放たれた矢は、敏感な読者の胸の真ん中に命中する。

ラストのシーンを、原詩にはない画竜点睛《がりようてんせい》の創作で飾ることによって、「走れメロス」はまさしく不朽の名作となったのである。

「何も君、そんなに顔色を変えて、わしを睨《にら》む事は無いじゃないか。君は少し表情が大袈裟《おおげさ》ですね。わかい頃は誰しもそうなんだが、君は、自分ではずいぶん手ひどい事を他人に言っていながら、自分が何か一言でも他人から言われると飛び上って騒ぎたてる。君が他人から言われて手痛いように、他人だって君にずけずけ言われて、どんなに手痛いか、君はそんな事は思ってもみないのですからね。」

（『新ハムレット』）

繰り返しになるが、太宰は徹底したナルシシストで、自己中心主義者である。だがかれの内部には、そうした自分を正確に見据えるもう一人の自分がいた。まさしく二重人格なのである。これから先ますますはっきりして来るのだが、従来の解釈を逆転させるパロディーが大好きなかれが、シェークスピアの大傑作『ハムレット』を翻案の題材に選んだことには何の不思議もない。なぜなら、ハムレットもまた二重人格であるからだ。

何度もおなじことをいうな、とおもわれるかもしれないが、太宰とハムレットにかぎらず、若者はたいてい二重人格である。ただし普通の若者はそれに気づいていない。

ここに引いたのは、先王の妃《きさき》と結婚した国王クローディアスが、甥《おい》（先王の子）のハムレットに発した台詞《せりふ》だが、この一言を読むだけで、中世デンマークの王子が、たちまち今日の日本の若者に変わる。自己を知らない若者への見事な批評である。

ケネス・ブラナー監督主演のイギリス映画「ハムレット」（96年）では、ハムレットとオフィーリアの間に肉体関係があったことになっていたが、これを新解釈とするなら、それより先に考えた人として、太宰治の名が挙げられなければならない。

太宰の「新ハムレット」では、肉体関係のあった動かぬ証拠として、オフィーリアは、妊娠までしているのである。

「お性格だって、決して御立派ではございません。めめしいとでも申しましょうか、ひとの陰口ばかりを気にして、いつも、いらいらなさって居《お》ります。（中略）そうしてちょっとでもあたしが慰めの言葉を躊躇《ちゅうちょ》している時には、たちまち声を荒くして、ああ僕は不幸だ、誰も僕のくるしみをわかってくれない、僕は世界中で一ばん不幸だ、孤独だ等《など》とおっしゃって、髪の毛をむしり、せつなそうに呻《うめ》くのでございます。ご自分を、むりやり悲劇の主人公になさらなければ、気がすまないらしい御様子でありました。」

（『新ハムレット』）

オフィーリアの目に映ったハムレットの姿で、引用部分の後にはこうも語られる。

……そうかと思うと、たいへんな御機嫌で、世の中に僕ほど頭脳の鋭敏な男はいない、まるで稲妻のような男だ、その気になれば何でもできる、僕は天才だ、等といいはじめ、あたしが微笑《ほほえ》んで頷《うなず》くと、急に不機嫌になって、いやお前は僕を馬鹿《ばか》にしている、僕は実は法螺《ほら》吹《ふ》きだ、山師だ、いんちきだ、みじめな男だ、世の中の誰にも相手にされなくなって、お前みたいな馬鹿だけをつかまえて威張っている、だらしがねえ等と、それはもう、とめどもなく、聞いているあたしのほうで泣きたくなる程、御自分のことを平気で、あざ笑いつづけるのです。

そうかと思うと一時間も鏡の前に立って、御自分のお顔をさまざまにゆがめてながめていらっしゃる事もございます。長いお鼻が気になるらしく、鏡をごらんになりながら、ちょいちょい、つまみ上げてみたり等なさるので、あたしも噴《ふ》き出してしまいます。……

前記のケネス・ブラナーの映画では、ハムレットが鏡に映る自分にむかって、有名な台詞を喋《しゃべ》るところも新機軸とされているが、それもとっくに太宰がやっていたのだ。まさかブラナーが太宰を読んでいたわけじゃないでしょうね。

オフィーリアは、さらにつづけて語る。

「けれども、あたしは、あのお方を好きです。あんなお方は、世界中に居りません。どこやら、とても、すぐれたところがあるように、あたしには思われます。いろいろな可笑《おか》しな欠点があるにしても、どこやらに、神の御子《みこ》のような匂《にお》いが致します。」

（『新ハムレット』）

太宰の愛読者であれば、引用した台詞の結末に、文字通りのライフワーク『人間失格』のラストをおもい浮かべる人も少なくないに違いない。

いかにも太宰流のデフォルメ（容姿は気にしていた自分自身の特徴にそっくり）ではあるけれど、これはこれでひとつの核心に迫るハムレット論といっていいのではなかろうか。オフィーリアにたいして「以前はおれもお前を愛していた」といった直後に「もともとお前を愛してはいなかった」と言葉を翻《ひるがえ》す――所謂《いわゆる》「ハムレット・パラドックス」の急所を、物の見事に突いているように感じられる。

外国のさる高名な文学者は、心理的な一貫性がないことを理由に『ハムレット』を失敗作と断じたそうな……。ぼくにはむしろその非一貫性が、つねに新たな解釈を招き寄せて、果てしなく再上演を重ねさせる原因であるとおもえる。

沈鬱《ちんうつ》と激情、愛情と憎悪《ぞうお》、懐疑と確信、内省と行動の、どちらが真実とも見分けがたい二つの極のあいだを、振り子のように激しく揺れ動く、その振幅の大きさと変化するスピードの速さこそ、「永遠の若者」を象徴するハムレットの魅力の源泉で、太宰もそこに惹かれたのに相違あるまい。

もはやいう必要はないであろうけれど、『新ハムレット』で主役のデンマーク王子を演じているのは、もちろん作者の太宰治自身である。

ほんの一時ひそかに凝った事がある。服装に凝ったのである。弘前《ひろさき》高等学校一年生の時である。縞《しま》の着物に角帯をしめて歩いたものである。そして義太夫を習いに、女師匠のもとへ通ったのである。けれどもそれは、ほんの一年間だけの狂態であった。私は、そんな服装を、憤怒《ふんぬ》を以《もっ》てかなぐり捨てた。別段、高邁《こうまい》な動機からでもなかった。私が、その一年生の冬季休暇に、東京へ遊びに来て、一夜、その粋人の服装でもって、おでんやの縄のれんを、ぱっとはじいた。こう姉さん、熱いところを一本おくれでないか。熱いところを、といかにも鼻持ちならぬ謂《い》わば粋人の口調を、真似《まね》たつもりで澄ましていた。やがてその、熱いところを我慢して飲み、かねて習い覚えて置いた伝法の語彙《ごい》を、廻らぬ舌に鞭打《むちう》って余すところなく展開し、何を言っていやがるんでえ、と言い終った時に、おでんやの姉さんが明るい笑顔で、兄さん東北でしょう、と無心に言った。

（「服装に就いて」）

引用した部分のなかで、同郷の当方が他人事《ひとごと》とは到底おもえない共感を抱くのは、最後の一行である。太宰文学の底流には、つねにこうした地方出身者のコンプレックスも秘められていたのを、見落としてはならない。

本名津島修治のかれの筆名が、どうして太宰治になったのかについては、いまだに諸説があって一定していないが、師の井伏鱒二は次のような解釈を述べている。一緒に新宿へ行ったとき、駅の横の出口のところで、

——太宰君は改名したと私に披露した。指さきで、手のひらに一字ずつ、太、宰、治、と書いて見せ、「ダザイ、オサム、と読むんです」と云《い》った。すこし気恥ずかしそうな顔であった。改名匆々《そうそう》のことだから、云いにくかったのだろう。従来の津島では、本人が云うときには「チシマ」ときこえるが、太宰という発音は、津軽弁でも「ダザイ」である。よく考えたものだと私は感心した。……

つまり、訛《なま》りを気にせずに発音できるところから、「太宰」を選んだのだろうというのである。

いずれにしても、もし本名のままであったら、果してここまでの人気作家になっていたかどうか……。そうおもわせるほど、発音においても字面《じづら》においても、ずば抜けて特徴的で、印象的で、魅力的な筆名であることに間違いはあるまい。

薄暮、阿佐《あさ》ケ谷《や》駅に降りて、その友人と一緒に阿佐ケ谷の街を歩き、私は、たまらない気持であった。寒山拾得《じっとく》の類《たぐい》の、私の姿が、商店の飾窓の硝子《ガラス》に写る。私の着物は、真赤に見えた。米寿の祝いに赤い胴着を着せられた老翁《ろうおう》の姿を思い出した。今の此《こ》のむずかしい世の中に、何一つ積極的なお手伝いも出来ず、文名さえも一向に挙らず、十年一日の如く、ちびた下駄《げた》をはいて、阿佐ケ谷を徘徊《はいかい》している。きょうはまた、念入りに、赤い着物などを召している。私は永遠に敗者なのかも知れない。

（「服装に就いて」）

昔は、辺幅を飾らず見栄《みえ》を張らないのが男性の美徳と信じられ、おしゃれは女性だけのものと考えられていたから、衣服と食べ物は、立派な大人の男子が語るべきことではない、とされていた。

太宰はおしゃれであって、かつグルメで、「食通」という短いエッセイにこう書いている。

食通というのは、大食いのことをいうのだと聞いている。友人の檀一雄《だんかずお》にそう教えて、豆腐、がんもどき、大根、また豆腐……という風に際限なく食べてみせたら、きみはよほどの食通だねえ、と檀君は眼を丸くして感服した。

伊馬鵜平君にもその定義を教えると、みるみる喜色を満面に湛《たた》え、ことによると僕も食通かもしれぬ、といった。それから五、六回一緒に飲食したが、果して、まぎれもない大食通であった……。

「服装に就いて」が発表されたのは、大東亜戦争がはじまる寸前の昭和十六年二月で、戦時体制の強化につれて、民間には食料が不足し、とりわけ酒とその肴《さかな》になるような副食物はなかなか手に入らず、値上がりが甚だしかったから、それらにまったく金を惜しまない太宰は、衣服にまでは手が回らなくなった。それで旧制高校時代に買った女物を仕立て直した渋柿色《しぶがきいろ》の着物を着て、阿佐ケ谷の街を歩いていたのである。

服装が悪かったのである。ちゃんとした服装さえしていたならば、私は主人からも多少は人格を認められ、店から追い出されるなんて恥辱は受けずにすんだのであろうに、と赤い着物を着た弁慶は夜の阿佐ケ谷の街を猫背になって、とぼとぼと歩いた。私は今は、いいセルが一枚ほしい。何気なく着て歩ける衣服がほしい。けれども、衣服を買う事に於《お》いては、極端に吝嗇《りんしょく》な私は、これからもさまざまに衣服の事で苦労するのではないかと思う。宿題。国民服は、如何《いかが》。

（「服装に就いて」）

見栄っ張りの太宰には、それとは反対の「窶《やつ》す」という美学もあった。手元不如意《ふにょい》でおもい通りのおしゃれができないならば、むしろその貧しさを極端に誇張して書いて、意識的に身を窶しているかのように装《よそお》う。それによって劣等感をユーモアに変え、コンプレックスとナルシシズムの両立を図る。

そこから「赤い着物を着た弁慶」という絶妙な自己戯画化の諧謔《かいぎゃく》が生まれた。自分で自分を笑い者にしてみずから救われるのである。

作中で太宰はいう。「私は自分に零落を感じ、敗者を意識する時、必ずヴェルレエヌの泣きべその顔を思い出し、救われるのが常である。生きて行こうと思うのである。あの人の弱さが、かえって私に生きて行こうという希望を与える。気弱い内省の窮極からでなければ、真に崇厳《すうごん》な光明は発し得ないと私は頑固に信じている。とにかく私は、もっと生きてみたい。謂わば、最高の誇りと最低の生活で、とにかく生きてみたい」

百年に一度の大不況といわれる今こそ、深く味わうべき言葉ではなかろうか。

「微笑もて正義を為《な》せ！」

いいモットオが出来た。紙に書いて、壁に張って置こうかしら。あ、いけねえ。すぐそれだ。「人に顕《あらわ》さんとて、」壁に張ろうとしています。僕は、ひどい偽善者なのかも知れん。

（『正義と微笑』）

俳優志願者の「僕」を語り手とした日記体の『正義と微笑』は、本の扉に賛美歌を題銘《エピグラフ》として掲げ、「四月十六日。金曜日。すごい風だ。東京の春は、からっ風が強くて不愉快だ」と書き出される。

この作品は書き下ろしで、日本中が米英を相手にした大東亜戦争の緒戦の勝報に興奮していた昭和十七年の六月に刊行された。「あとがき」には、この作品の基になった青年歌舞伎《かぶき》俳優T君の「日記は、昭和十年頃のものらしく、従ってこの『正義と微笑』の背景も、その頃の日本だという事も、お断りして置きたい」と記されているのだが、それを知らずに、正義の神国日本の大勝利にみんな舞い上がっていたなかで、巻頭から読みはじめた人は、世間とはまるで違った作中の雰囲気に、微妙な違和の感覚を覚え、読み進むにつれてその感をいっそう強めたはずだ。

「僕」は聖書マタイ伝の一節から「微笑もて正義を為せ！」という座右銘を考えつく。敵国米英の宗教に基づいて、日本中が神国日本の正義に凝り固まって眉《まゆ》を吊《つ》り上げていた時期に、そう語るのである。主人公芹川進《せりかわすすむ》の思考や感想に「時局色」や「軍国色」は一切ない。昭和十年頃の日記というのだからそれは当然かもしれないけれど、開戦の直後に書き下ろされたところからすれば、この徹底した反時局性、反軍国性、反時代性こそが、作者の胸底に秘められた真の主題であったものとおもわれる。

誰か僕の墓碑に、次のような一句をきざんでくれる人はないか。

「かれは、人を喜ばせるのが、何よりも好きであった！」

僕の、生れた時からの宿命である。俳優という職業を選んだのも、全く、それ一つのためであった。ああ、日本一、いや、世界一の名優になりたい！　そうして皆を、ことにも貧しい人たちを、しびれる程に喜ばせてあげたい。


（『正義と微笑』）

引用した文中の「俳優」と「名優」を、「小説家」と「作家」に替えれば、これはそのまま作者自身の願いであったと見てよいであろう。

今後の作品に、それがますますはっきりしてくるのだけれども、並外れたサービス精神の持主である太宰治は、ひたすら読者を喜ばせるために、全身全霊を傾け、心血を振りしぼるときに、最高の本領と真骨頂を発揮する資質の作家であった。

作者自身によるこの文章ほど、太宰治の全作品と全生涯にふさわしい碑銘はない。

安心し給《たま》え、君の事を書くのではない。

（「鉄面皮」）

「鉄面皮」という題で、のっけからこう書き出される。

不特定多数を対象に発表された小説（掲載誌は「文学界」）を、読む者には自分一人に宛《あ》てられた手紙のようにおもわせる、太宰独特の手法を典型的に示す一篇だ。

太宰が死んだのは、ぼくが新制中学二年のとき――。死の直前からはじまっていた八雲書店刊行の「太宰治全集」（『虚構の彷徨《ほうこう》』と題された第二巻が第一回配本）の第十一回配本（昭和二十四年七月十五日発行）で、『右大臣実朝《さねとも》』というタイトルの第九巻に収められたこの短篇に初めて接したとき、子供心にも（上手《うま》いなあ……）と感嘆したのを覚えている。

どうして「鉄面皮」かといえば、約三十枚の短篇の主要な部分が、作者が目下執筆中の長篇『右大臣実朝』の内容の抜粋と宣伝で占められているのである。じっさい書き下ろしの小説に没頭していれば、他のことに頭を向けられるはずもなく、「文学界」の編集に携わっていた舟橋聖一との約を果たすための、窮余の一策だったのであろう。

つまり「鉄面皮」とは自分のことをいっているので、当時の文芸時評でも作者こそ「題名通り鉄面皮」ではないかと呆《あき》れられているのだが、実朝に関心を持ちはじめた過去の追想やら現在の身辺雑記やらを自在に織り交ぜ、最後の一行がじつに見事な結びになっていて、いま読んでも（上手いなあ……）とおもわずにはいられない。

「都ハ、アカルクテヨイ。」

「平家ハ、アカルイ。」

「アカルサハ、ホロビノ姿デアロウカ。人モ家モ、暗イウチハマダ滅亡セヌ。」

「学問ハオ好キデスカ」

「無理カモ知レマセヌガ」

「ソレダケガ生キル道デス」


(『右大臣実朝』)

『右大臣実朝』のなかで、主人公実朝の部分だけは、漢字片仮名交じりで書かれている台詞《せりふ》の抜粋である。ごく短い台詞のそれぞれから、なんとなく儚《はかな》げで品のいい実朝の面影と性格が、髣髴《ほうふつ》として来る気がして、さながら太宰流の箴言《しんげん》集の感がある。

ここで実朝を演じているのも、むろん太宰自身だ。

武家の棟梁《とうりよう》、征夷《せいい》大将軍の身でありながら、武芸を軽んじ、和歌にのみ熱中している——大東亜戦争真《ま》っ只中《ただなか》の昭和十八年九月に刊行された——この作品の実朝も、『正義と微笑』の主人公とおなじく、熱烈な天皇尊崇の念の持主であるのを別にすれば、まことに反時局的で反時代的な青年像であったことが察せられるであろう。

美知子夫人の回想によれば、この作品を執筆中の太宰は、寝ても起きても「実朝」「実朝」で、まるで実朝が乗り移ったかのようであったという。

ちょうど運よく、実朝にかかわる記述のほぼ全部をふくむ第四巻まで出ていた岩波文庫『吾妻鏡《あづま》』（鎌倉幕府の公式史書）を参考にして、相当に固い地の文の合間合間に、実朝の和歌と台詞だけが、漢字片仮名交じりの表記で挟み込まれるという、独自の文体実験が試みられた作品であることも指摘しておきたい。

「ね、なぜ旅に出るの？」

「苦しいからさ」

「あなたの（苦しい）は、おきまりで、ちっとも信用できません」

「正岡子規三十六、尾崎紅葉三十七、斎藤緑雨三十八、国木田独歩三十八、長塚節《たかし》三十七、芥川龍之介三十六、嘉村礒多《かむらいそた》三十七」

「それは、何の事なの？」

「あいつらの死んだとしさ。ばたばた死んでいる。おれもそろそろ、そのとしだ。作家にとって、これくらいの年齢の時が、一ばん大事で」

「そうして、苦しい時なの？」

「何を言ってやがる。ふざけちゃいけない。お前にだって、少しは、わかっている筈《はず》だがね。もう、これ以上は言わん。言うと、気障《きざ》になる。おい、おれは旅に出るよ」


（『津軽』）

戦前（昭和一〇年～一一年）の日本人の平均寿命は、男性が四六・九二歳、女性が四九・六三歳。そうした統計に拠《よ》らずとも、一口に「人生五〇年」といわれ、大体そんなものだろう……というのが、世の中の常識であった。

まして、『津軽』の取材旅行と執筆が行なわれたのは昭和一九年のなかば——大東亜戦争の戦局が日ごとに厳しさを増していく時期で、国民の大半が祖国と運命をともにする決意を固めていたころである。そのころ国民学校（小学校）四年のぼくらも、もうじき予科練（海軍飛行予科練習生）か少年航空兵（陸軍）になって戦地に赴き、太平洋の空に散るものと、ごく当り前の感覚でそうおもっていた。

だから、自分は三十代の後半にばたばた死ぬという文学者ではなくても、『津軽』の序編につづく本編の冒頭に「巡礼」と題されて書きはじめられたこの会話に、身の引き締まるような共感を覚えた読者は少なくなかったに違いない。

はっきりそうは書かれていないけれど、何となく会話の相手は妻のようにも感じられるが、後年に夫人が著わす名著『回想の太宰治』の極めて明晰《めいせき》で理性的な筆致からして、こんな漫才のボケのような言葉を発するはずがない。

作者太宰治の脳裡《のうり》において行なわれた自問自答である。

私には脊広服《せびろふく》が一着も無い。勤労奉仕の作業服があるだけである。それも仕立屋に特別に注文して作らせたものではなかった。有り合せの木綿の布切を、家の者が紺色に染めて、ジャンパーみたいなものと、ズボンみたいなものにでっち上げた何だか合点のゆかない見馴《みな》れぬ型の作業服なのである。染めた直後は、布地の色もたしかに紺であった筈だが、一、二度着て外へ出たら、たちまち変色して、むらさきみたいな妙な色になった。むらさきの洋装は、女でも、よほどの美人でなければ似合わない。

（『津軽』）

「津軽の事を書いてみないか、と或《あ》る出版社の親しい編輯《へんしゆう》者に前から言われていたし、私も生きているうちに、いちど、自分の生れた地方の隅々まで見て置きたくて、或る年の春、乞食《こじき》のような姿で東京を出発した」という記述につづく一節——。

生死の問題を語ったあとに、またしても服装の話だ。

しかも、おしゃれに関する太宰の興味の深さとセンスの鋭さを如実《によじつ》に示す「むらさきの洋装は、女でも、よほどの美人でなければ似合わない」の一句に、とくに女性の読者は、霹靂《へきれき》のような衝撃を受けるであろう。事実その通りなので、男性でこういう観察眼の持主は、例外中の例外に属する。女性読者はとっくにそう感じておられるだろうが、太宰は女性の目で女性を観《み》ることができるのである。

作者はつづけて「私はそのむらさきの作業服に緑色のスフのゲートルをつけて、ゴム底の白いズックの靴をはいた。帽子は、スフのテニス帽。あの洒落者《しやれもの》が、こんな姿で旅に出るのは、生れてはじめての事であった」と書く。

ここでも、まず外見から入るのである。

これだけの伏線を周到に敷いたあとで……。

東京の少数の例外者が、地方へ行って、ひどく出鱈目《でたらめ》に帝都の食料不足を訴えるので、地方の人たちは、東京から来た客人を、すべて食べものをあさりに来たものとして軽蔑《けいべつ》して取扱うようになったという噂《うわさ》も聞いた。私は津軽へ、食べものをあさりに来たのではない。姿こそ、むらさき色の乞食《こじき》にも似ているが、私は真理と愛情の乞食だ、白米の乞食ではない！　と東京の人全部の名誉のためにも、演説口調できざな大見得《おおみえ》を切ってやりたいくらいの決意をひめて津軽へ来たのだ。

（『津軽』）

出ました、「むらさき色の乞食」。

「服装に就いて」における「赤い着物を着た弁慶」とおなじ自作自演の見事なカリカチュア。しかも、その恰好《かっこう》で「私は真理と愛情の乞食だ」と、まことに痛快な啖呵《たんか》で大見得を切ってみせる。コンプレックスが一瞬にしてナルシシズムに裏返る。

その変幻の妙味は、まさに文章の魔術だ。

「おい、東京のお客さんを連れて来たぞ。とうとう連れて来たぞ。これが、そのれいの太宰って人なんだ。挨拶《あいさつ》をせんかい。早く出て来て拝んだらよかろう。ついでに、酒だ。いや、酒はもう飲んじゃったんだ。リンゴ酒を持って来い。なんだ、一升しか無いのか。少い！　もう二升買って来い。待て。その縁側にかけてある干鱈《ひだら》をむしって、待て、それは金槌《かなづち》でたたいてやわらかくしてから、むしらなくちゃ駄目なものなんだ。待て、そんな手つきじゃいけない、僕がやる。干鱈をたたくには、こんな工合《ぐあ》いに、こんな工合いに、あ、痛え、まあ、こんな工合いだ。（中略）さあ、乾盃《かんぱい》、乾盃。おうい、もう二升買って来い、待て、坊やを連れて来い。小説家になれるかどうか、太宰に見てもらうんだ。（中略）おい、坊やをあっちへ連れて行け。うるさくてかなわない。お客さんの前に、こんな汚い子を連れて来るなんて、失敬じゃないか。成金趣味だぞ」。

（『津軽』）

蟹田《かにた》に旧友のN君を訪ね、招かれてSさんの家に行き、その津軽人の本性を暴露した熱狂的な歓待ぶりには、おなじ津軽人の私でさえめんくらった……という『津軽』の名場面のひとつ。

Sさんはほとんど逆上して、干鱈をやわらかくしようと金槌で乱打して左手の親指を負傷し、家中の酒と食物を出させ、さらに、卵味噌《みそ》にかぎる、卵味噌だ、卵味噌だ、と連呼するに到《いた》る。「私は決して誇張法を用いて描写しているのではない。この疾風怒濤《どとう》の如《ごと》き接待は、津軽人の愛情の表現なのである」と作者はいうのだが、実際には誇張が加わっているに決まっている。しかし、そのデフォルメが、事実以上の真実をまざまざと伝えるのである。

東北人は口が重いといわれるが、方言を気にせずに仲間うちで喋《しゃべ》るときの津軽人は、饒舌《じょうぜつ》で早口で、それに酒が入ると、いっそう多弁になる。

かつて十二回の連続シリーズで出演したNHKテレビ「人間大学　太宰治への旅」の『津軽』篇で、その感じを解《わか》ってもらおうと、津軽訛《なま》りの早口でこの場面を、カメラに向かって全文朗読したら、読み進むうちに、ぼく自身が興奮し逆上して、最後の部分はすっかり嚙み嚙みになってしまった。太宰の描写は、まさしく津軽人の本質を捉《とら》えていたのに違いないのである。

やがて、十三湖が冷え冷えと白く目前に展開する。浅い真珠貝に水を盛ったような、気品はあるがはかない感じの湖である。波一つない。船も浮んでいない。ひっそりしていて、そうして、なかなかひろい。人に捨てられた孤独の水たまりである。流れる雲も飛ぶ鳥の影も、この湖の面には写らぬというような感じだ。

（『津軽』）

ぼくは三十代のなかばに、東京のマスコミの底辺でフリーのライターとしてやっていた仕事を一切やめ、津軽を舞台に小説を書こうと、二年半ほど弘前《ひろさき》の町外れの借家に住んで、津軽中を歩き回った。

その間に何度も繰り返し通ったのが、津軽平野を長く貫いて延々と下る岩木川の流れが注ぎ込み、そこから日本海に通じる出口でもあった広大な湖の岸に、中世には津軽の中心として繁栄した安東氏の壮大な城塞《じようさい》が聳《そび》え立っていた……といわれる十三《じゆうさん》である。安東氏は、鎌倉幕府を背負った南部氏によって、津軽から追われた。

いまは中世の栄華の面影が完全に失われてしまい、人影も疎《まば》らな海辺の村といった佇《たたず》まいになっているのだけれど、太宰の描写した十三湖の風景は、その消え去った過去の歴史を、無言のうちに物語るようにさえおもえる。（十三湊《とさみなと》の昔の繁栄が詳しく知られたのは、戦後だいぶ経《た》ってからのことなので、太宰は知るはずがない）

太宰の文章がいかに素晴らしいかは、繰り返し十三湖の風景を目にするうちに、太宰が風景を写したのではなく、風景のほうが太宰の文章の真似《まね》をしているようにおもえて来ることで証明される。

主観的表白の〈語り〉を得意とした太宰は、風景の描写においてもこのように端倪《たんげい》すべからざる名手であった。

「修治だ」私は笑って帽子をとった。

「あらあ」それだけだった。笑いもしない。まじめな表情である。でも、すぐにその硬直の姿勢を崩して、さりげないような、へんに、あきらめたような弱い口調で、「さ、はいって運動会を」と言って、たけの小屋に連れて行き、「ここさお坐《すわ》りになりせえ」とたけの傍に坐らせ、たけはそれきり何も言わず、きちんと正座してそのモンペの丸い膝《ひざ》にちゃんと両手を置き、子供たちの走るのを熱心に見ている。けれども、私には何の不満もない。まるで、もう、安心してしまっている。足を投げ出して、ぼんやり運動会を見て、胸中に一つも思う事が無かった。

（『津軽』）

批評家の亀井勝一郎《かめいかついちろう》と師の佐藤春夫が、太宰の最高傑作として推す『津軽』のなかでも最高の名場面で、太宰文学のピークともいえる小泊《こどまり》での感動の再会シーンだが、相馬正一《そうましょういち》の調べによれば、作品に描かれたクライマックスと現実のあいだには、相当の隔たりがあったようだ。

実際にはこのとき、太宰は青森中学の後輩である小泊・春洞寺の坂本芳英住職をともなっており、掛小屋のなかで和尚《おしょう》が持参した配給酒を酌《く》み交わしながら、タケさんも運動会もそっちのけで、二人だけの思い出話に興じていたというのである。

それが作品では、坂本住職の姿が消え、無言の太宰とたけのあいだに、この上ない静謐《せいひつ》の時が流れるなかで、真実の母と子のような交感が成立するという至福のシーンになっている。

天性の物語作者《ストーリーテラー》である太宰にとっては当然の虚構《フィクション》としても、その小説化の手際《てぎわ》の鮮やかさには、あらためて舌を巻かずにはいられない。

その夜、太宰は真剣な顔つきで、自分の本当の母親は、叔母のきゑなのではないか……という長年の疑問をタケさんにぶつけ、明確に否定されても、まだ完全には納得しない様子であったという。

私は虚飾を行わなかった。読者をだましはしなかった。さらば読者よ、命あらばまた他日。元気で行こう。絶望するな。では、失敬。

(『津軽』)

運動会の夜、タケさんの家に泊まった太宰は、じつはそこで本当の母親が判明して、叔母のきゑに会いに行く場面が、そもそも旅に出たときから脳裡《のうり》におもい描かれていた『津軽』のクライマックスであったのではないだろうか。

その可能性が完全に否定されてしまったので、たけこそまことの母であった……と筋を変え、ちょうど訪ねて行ったとき運よく開催されていた運動会を絶好の舞台に、小説家としての想像力と技倆《ぎりょう》を最高度に駆使して、虚構のクライマックスを創《つく》り上げたことが、名作『津軽』の誕生につながったものとおもわれる。

たいていの読者が、実際にあったことをそのまま描いた紀行文として受け取るであろう『津軽』を、ぼくはどの場面も隅々まで、細心の構想力と想像力を働かせて入念に綴《つづ》られた創作と考えるのである。だが、太宰はラストに、断固として「私は虚飾を行わなかった。読者をだましはしなかった」といい切る。

太宰治は、創作の天才であった。

そのことさえはっきり確認しておけば、読者はあまり背後の事情にとらわれることなく、かれが全身全霊を籠《こ》めて創り出したテキストを、まず一行一行、感受性を全開にして味わい尽くすことに、全力を傾けるべきであろう。ぼくには実話よりも作り話として読んだほうが、『津軽』の素晴らしさをいっそう深く感得できる気がする。

カチカチ山の物語に於《お》ける兎《うさぎ》は少女、そうしてあの惨《みじ》めな敗北を喫する狸《たぬき》は、その兎の少女を恋している醜男《ぶおとこ》。これはもう疑いを容《い》れぬ儼然《げんぜん》たる事実のように私には思われる。

（「カチカチ山」）

太宰治が女性と一緒に玉川上水に入水《じゅすい》したらしい、と新聞に報じられた日の放課後、家に帰る途中の古本屋に一冊だけあった太宰の本が『お伽草紙《とぎぞうし》』で、その夜、一気に読み終え、生まれてからこれほど面白い本に出会ったことがない、とおもうほど感激し、興奮のあまり、翌日その本を持って学校へ行き、国語の時間に手を挙げて、是非これを朗読させてほしい、と先生に頼んで、机に坐ったまま、ここに引いた「カチカチ山」の書き出しから読みはじめた。ぼくらは学制が変わった新制中学の最初の生徒で、敗戦直後の教室には野放図といっていいくらい自由な空気が流れていたから、生徒がそんなことをいい出したり、先生がそれを受け入れたりする雰囲気があったのだけれど、それにしてもぼくはどうしてあんな突拍子もない申し出をしたのだろう。

後年だんだん解ってきたのだが、ぼくはそのときすでに太宰文学の核心に潜む秘密を感得していたのに違いない。太宰の作品の魅力は、口で読んで耳から中学生の仲間に伝わるものであると、子供心に察知した。まだ文体などという高い水準の認識はなかったけれども、わが国の口承文芸の系譜に連なるその〈語り〉口調の文章が、朗読に適するものであると無意識のうちに感じとったことが、あのように突飛な行動をとらせたのであろう……、そうおもい当たったのである。そしてまた『お伽草紙』は、パロディーというものの面白さを、最初に教えられた小説でもあった。

安心し給《たま》え。私もそれに就いて、考えた。そうして、兎のやり方が男らしくないのは、それは当然だという事がわかった。この兎は男じゃないんだ。それは、たしかだ。この兎は十六歳の処女だ。いまだ何も、色気は無いが、しかし、美人だ。そうして、人間のうちで最も残酷なのは、えてして、このたちの女性である。

（「カチカチ山」）

敗戦直後の急激な価値の逆転が、それまでの決まり切った定型と常識を引っ繰り返すパロディーに、胸のすく痛快さを感じさせる下地になっていたのかもしれない。

しかし、太宰は、日本人の大多数の目が吊《つ》り上がり、ひとつの観念に凝り固まってコチコチになっていた戦争の末期に、空襲の恐怖に怯《おび》えながら、随所で吹き出さずにはいられない滑稽《こっけい》至極のパロディーを書きつづけていたのである。

もとのお伽噺《ばなし》を知らない今の若者にも、この面白さとおかしさは通じるだろうか。きっと通じるに違いない、とおもうのは、読み返すたびいつもその時代の最新の世相を描いているように感じられるからだ。

酒を飲むと愉快になって鬼の前に飛び出し軽妙な踊りをおどったお爺《じい》さんが成功して、重々しい人格者が失敗した「瘤《こぶ》取り」は、かなり前に流行《はや》った言葉でいえば、「ネアカ」と「ネクラ」の「性格の悲喜劇」ともおもえる。

「カチカチ山」で、良い兎と悪い狸、という原型を一転させ、兎を処女神アルテミス型の残酷な美少女、狸を愚鈍で大食で助平な中年男、とした設定も、兎は生意気な女子高生、狸はダサいオヤジ、と見れば、まさに現在の世相にぴったり当てはまる。

「浦島さん」の主人公は、若いのにもう年寄りじみて、荒々しい冒険を嫌う風流な趣味人。最近そんな若者が、めっきりふえているような気がしませんか。

「傍へ寄って来ちゃ駄目だって言ったら。くさいじゃないの。もっとあっちへ離れてよ。あなたは、とかげを食べたんだってね。私は聞いたわよ。それから、ああ可笑《おか》しい、ウンコも食べたんだってね。」

「まさか。」と狸は力弱く苦笑した。それでも、なぜだか、強く否定する事の能《あた》わざる様子で、さらに力弱く、「まさかねえ。」と口を曲げて言うだけであった。

「上品ぶったって駄目よ。あなたのそのにおいは、ただの臭みじゃないんだから。」

……………

「えへへ、」と狸は急にいやらしく笑い、「その口が憎いや。苦労させるぜ、こんちきしょう。おれは、もう、」と言いかけて、這《は》い寄って来た大きい蜘蛛《くも》を素早くぺろりと食べ、「おれは、もう、どんなに嬉《うれ》しいか、いっそ、男泣きに泣いてみたいくらいだ。」と鼻をすすり、嘘泣《うそな》きをした。

（「カチカチ山」）

この兎と狸をはじめとして、鬼、亀《かめ》、雀《すずめ》などをふくむ登場人物全員の——それぞれ見事に描き分けられた個性を鮮明に表わす会話が、じつに絶品で、読むたび笑いで頬がゆるみ、さらにゆるんだ頬を引きしめて感嘆せずにはいられない。

ここに引いた場面の会話を、兎がツッコミ、狸がボケ、の漫才コントとして、想像してごらんなさい。

いまから六十年以上も前に書かれたものなのに、現代の感覚とのあいだに何のズレもないばかりか、最先端を行く笑いとして立派に通用して、若者たちの支持を受けること間違いなしとおもわれる。

何度もおなじことを申し上げて恐縮だが、この怜悧《れいり》で上品な雌の兎と、愚鈍で下品な雄の狸も、太宰治の一人二役なのだ。

考えられますか、こんなに極端に対照的な二つのキャラクターを、一人の人間が同時に演じるなんてことが……。

太宰治は、最高の喜劇作者であった。

そして、最高の喜劇役者でもあった。

ナルシストのかれのなかに、これほど自分のなかの厚かましい部分を、徹底して見極める冷徹な自己認識も在ったことを、忘れてはなるまい。

曰《いわ》く、惚《ほ》れたが悪いか。

古来、世界中の文芸の哀話の主題は、一にここにかかっていると言っても過言ではあるまい。女性にはすべて、この無慈悲な兎が一匹住んでいるし、男性には、あの善良な狸がいつも溺《おぼ》れかかってあがいている。作者の、それこそ三十何年来の、頗《すこぶ》る不振の経歴に徴して見ても、それは明々白々であった。おそらくは、また、君に於いても。後略。

（「カチカチ山」）

自分の身の程も知らずにいい寄ったために、誇り高い兎にさんざん痛めつけられた狸は、「惚れたが悪いか」といい残して、湖水に沈められる。狸の悲痛な叫びには、世界中の悲劇と喜劇の根源が、濃密に凝縮されて籠められており、それを悲劇と観《み》るか、喜劇と観るかで、人生が変わり、世界が変わる。

美少女と中年男の双方の心理の分析が、すこぶる深遠な含蓄に富み、人間性への深い洞察に裏打ちされた表現の巧妙さと滑稽さで、読む者の哄笑《こうしょう》を呼ぶ話術は、これこそまさしく天才の名に値するものといってよいであろう。

太宰治を私小説系統の作家、と見る人は、いまも少なくないとおもうが、じつは想像のおもむくまま実生活を奔放に虚構化したり、あるいは昔話、お伽噺、他人の日記、手紙、西鶴《さいかく》、聊斎志異《りようさいしい》、シェークスピア、聖書……と、どんなものでも材料にして、自分流に色を染め変え自由自在に織り上げるパロディーに、抜群の腕前を示す作家でもあった。諷刺《ふうし》と滑稽という点では、太宰ほどわが国の純文学作家のなかで、よく笑わせる作品を数多く書いた人はいない。かれはこれまで、暗い虚無の面で論じられることが多かったけれども、この国では頭抜けて多量のユーモアをふくむ文学の作者であったことを、もっともっと語られる必要があるとおもう。

なかでも『お伽草紙』は『津軽』と双璧《そうへき》をなす太宰の最高傑作である。

「真の勇気ある自由思想家なら、いまこそ何を措《お》いても叫ばなければならぬ事がある。天皇陛下万歳！　この叫びだ。昨日までは古かった。古いどころか詐欺《さぎ》だった。しかし、今日に於《お》いては最も新しい自由思想だ」

（「十五年間」）

敗戦の翌年一月に、それまでの東京生活を回想して、疎開《そかい》中の津軽の実家で書かれた「十五年間」の最後の一節――。

太宰治は「無頼派」と呼ばれたが、その言葉のもとのフランス語の「リベルタン」を、かれは「自由思想家」と解し、自由思想の核心は反抗精神であるとして、ここに引いた言葉を発した。

たしかにこれは、昨日まで国中挙げて合唱した「天皇陛下万歳」の画一性を、そっくり裏返しにした勢いで「天皇制打倒」を叫ぶ左翼が主導権を握ったジャーナリズムの世界では、無類の反抗心の持主である太宰治のような無頼派でなければ到底発することのできない――大変な勇気と覚悟を要する叫びであった。

この作品を執筆したのとおなじ時期に、広島の郷里加茂《かも》村に疎開していた井伏鱒二に宛《あ》てた手紙のなかで、かれはこんなことをいっている。

――私は無頼派《リベルタン》ですから、この気風に反抗し、保守党に加盟し、まっさきにギロチンにかかってやろうかと思っています。（中略）共産党なんかとは私は真正面から戦うつもりです。ニッポン万歳と今こそ本気に言ってやろうかと思っています。私は単純な町奴《まちやっこ》です。弱いほうに味方するんです。……

天皇の悪口を言うものが激増して来た。しかし、そうなって見ると私は、これまでどんなに深く天皇を愛して来たのかを知った。私は、保守派を友人たちに宣言した。

×

十歳の民主派、二十歳の共産派、三十歳の純粋派、四十歳の保守派。そうして、やはり歴史は繰り返すのであろうか。私は、歴史は繰り返してはならぬものだと思っている。

×

まったく新しい思潮の擡頭《たいとう》を待望する。それを言い出すには、何よりもまず、「勇気」を要する。私のいま夢想する境涯は、フランスのモラリストたちの感覚を基調とし、その倫理の儀表を天皇に置き、我等の生活は自給自足のアナキズム風の桃源である。

（「苦悩の年鑑」）

「十五年間」につづいて、自己の思想的遍歴を、フランスのモラリストの箴言《しんげん》集のように断片的に綴《つづ》った「苦悩の年鑑」の結びの部分。

太宰の天皇尊崇の念は、あの戦争の真っ最中に、弓矢よりも和歌を重んずる反時代的な青年像を描いた『右大臣実朝《さねとも》』に、すでにはっきり示されていて、

「山ハサケ海ハアセナム世ナリトモ君ニフタ心ワガアラメヤモ」

という歌を、深い共感とともに書き写していた。

引用部分の最後に出てくる「アナキズム」という言葉について、太宰は弟子の堤重《つつみしげ》久《ひさ》にこう語っている。「おれは此頃《この》、アナキストなんだ。政府なんて、いらんと考えているんだ。商人は利に敏《さと》いからね。鉄道だって、道路だって、今より上等なものを、ちゃんと作ってくれますよ」

まるで、それから何十年も後に現われる民営化礼讃《らいさん》の新自由主義者みたいな口ぶりだが、国際市場を神格化する新自由主義と「自給自足」という言葉は両立しない。しかし、グローバリゼーションの暴風が猛烈に吹き荒れて、あらゆる国々を累卵の危機に陥《おとしい》れた世界の現状を見れば、自給自足を完全に時代遅れの思想として一擲《いってき》することはできないであろう。

太宰が夢想した境涯は、今こそ現実味を帯びてきたといえるのではなかろうか。

（数枝《かずえ》）（両手の爪《つめ》を見ながら、ひとりごとのように）負けた、負けたと言うけれども、あたしは、そうじゃないと思うわ。ほろんだのよ。滅亡しちゃったのよ。日本の国の隅から隅まで占領されて、あたしたちは、ひとり残らず捕虜なのに、それをまあ、恥かしいとも思わずに、田舎の人たちったら、馬鹿《ばか》だわねえ、いままでどおりの生活がいつまでも続くとでも思っているのかしら、相変らず、よそのひとの悪口ばかり言いながら、寝て起きて食べて、ひとを見たら泥棒と思って、（また低く異様に笑う）まあいったい何のために生きているのでしょう。まったく、不思議だわ。

（「冬の花火」）

習作時代を別にすれば、太宰にとって初の本格的戯曲「冬の花火」の冒頭で、ヒロインの数枝はこう語り出す。

初期からの読者であれば、「いったい何のために生きているのでしょう」という女主人公の疑問から、おもい出される台詞《せりふ》があるはずだ。そう、「魚服記」の山中の娘スワが、父親に発した質問である。――お父《ど》、おめえ、なにしに生きでるば。

明るさに満ちた中期には影を潜めていたあの実存の虚無と不安の感覚が、ふたたび女主人公のなかに蘇《よみがえ》ってきたのだ。しかも、日本人の大部分が、終わるはずがないとおもっていた戦争が終わり、命を失う心配がなくなって、ほっと安堵《あんど》し、前途に希望を感じはじめていたその時期に……。

日本人の多くが解放と感じた敗戦を、太宰はそう感ずることができなかった。津軽の大地主の実家にいて、自分はこれから没落して行く「桜の園」の住人である、とおもい定めていたことが、大きな原因のひとつには違いないが、それにしても何がこれほどまでに深く、作者を絶望させたのだろう。

（数枝）（全然それを聞いていない様子で、膝《ひざ》の上で袖《そで》の端をいじりながら）いつから日本の人が、こんなにあさましくて、嘘《うそ》つきになったのでしょう。みんなにせものばかりで、知ったかぶってごまかして、わずかの学問だか主義だかみたいなものにこだわってぎくしゃくして、人を救うもないもんだ。人を救うなんて、まあ、そんなだいそれた、（第一幕に於けるが如《ごと》き低い異様な笑声を発する）図々《ずうずう》しいにもほどがあるわ。日本の人が皆こんなあやつり人形みたいなへんてこな歩きかたをするようになったのは、いつ頃からの事かしら。ずっと前からだわ。たぶん、ずっとずっと前からだわ。

（「冬の花火」）

東京を離れて遠望していた太宰治は、敗戦直後のジャーナリズムにおいて賑々《にぎにぎ》しく演じられている「新型便乗」や「民主主義踊り」（井伏鱒二に宛《あ》てた手紙のなかの言葉）を、まるで信用していなかった。戦後の変革とは名ばかりで、右といえば右、左といえば左、とみんな一斉におなじ方向へ動く日本人の性質が、戦前戦中とまったく変わっていないと見抜いていたのだ。そして、自由思想家の本来の姿は反抗精神、と語る太宰は、全員が同一方向へ進みたがる日本人の通性とは反対に、右といわれれば左、左といわれれば右へ行きたがる、生来の反抗性の持主であった。

この作品は発表当時、評論家にも読者にもほとんど理解されなかったのだが、劇団「新生新派」の主事をしていた作家川口松太郎から、継母《けいぼ》を花柳《はなやぎ》章太郎、数枝を水谷八重子で上演したいという申込みがあって、東劇での公演演目に決まった。しかし、それはGHQ（連合国軍総司令部）の検閲によって中止を命じられた。

「冬の花火」の意図を正確に読み取ったのは、日本人よりも、占領軍であったのかもしれない。おそらく冒頭において、「あたしたちは、ひとり残らず捕虜」なのだと、当時はだれも口にしない真実を語り、ラストで「いまの日本の誰にだって、いい知らせなんかありっこないんだ」と告げるあたりが、台本を検閲した占領軍係官の逆鱗《げきりん》に触れたものと推測される。

（数枝）あら、あたしに電報。いやだ、いやだ。ろくな事じゃない。いまの日本の誰にだって、いい知らせなんかありっこないんだ。悪い知らせにきまっている。（うろついて、手にしているたくさんの紙片を、ぱっと火鉢に投げ込む。火焔《かえん》あがる）ああ、これも花火。（狂ったように笑う）冬の花火さ。あたしのあこがれの桃源境も、いじらしいような決心も、みんなばかばかしい冬の花火だ。

（「冬の花火」）

この戯曲のイメージをおもい描くためには、当時、津軽の冬季には、今より遥《はる》かに多かった積雪が、家屋の一階の屋根の辺にまで達して陽光を遮り、夜間はしばしば停電に見舞われて、屋内が非常に暗かったことを頭に入れておかなければならない。だから、第二幕で数枝が「冬の花火」に擬《なぞら》えて室内で点火する線香花火の放つ幽《かす》かな光や、終幕で火鉢に投じられた手紙が燃える焔《ほのお》が、舞台上では象徴的な光景となるに違いないのである。プロの演劇人でもある川口松太郎が、反抗的な娘数枝を水谷八重子、聖母の気品を持つ継母あさを花柳章太郎で上演したい、と望んだのは、恐らくそうした舞台効果も計算に入れてのことであったのだろう。

この戯曲は、太宰の後期の不吉な幕開けを告げている点で、すこぶる重要な作品だ。冒頭から生きることの意味を疑っている数枝は、「魚服記」のスワの再現であり、作者の分身でもあって、主人公が滝壺《たきつぼ》に投身する「魚服記」が太宰の生涯を暗示していたように、「落ちるところまで、落ちて行くんだ」という終幕の台詞は、作者のその後の生き方を予告しているようにおもわれる。

とにかくそれは、見事な男であった。あっぱれな奴《やつ》であった。好いところが一つもみじんも無かった。

（「親友交歓」）

昭和二十一年の十月二日、津軽から引き揚げて上京する直前、そのころ「新潮」の編輯《へんしゅう》顧問をしていた仏文学者河盛好蔵《かわもりよしぞう》に、太宰はこんな葉書を書いている。

「拝復、ただいま別封速達書留で、拙稿四十一枚御送り申しました、タッチが荒すぎはしなかったかと、非常に気になります、とにかく、恥づかしい気持ちで一ぱいです、でも、陳腐でだけはないつもり、など、みじめな負け惜しみを言っています、何卒《なにとぞ》よろしく御願い致します、不尽」。このとき送ったのが「親友交歓」で、発表された当時は、進歩派の評論家から長文の酷評を受けたものの、今では傑作と認める人が少なくないとおもうが、書き上げた直後の作者の心理は、そんな風に弱気と自負のあいだを揺れ動いていたのだ。上京した太宰を、まず迎えたのは「新潮」編集長齋藤《さいとう》十一、編集部野原一夫と顧問の河盛好蔵で、十二月号に掲載された「親友交歓」の出来映えを称賛した河盛に、太宰は「肩肘《かたひじ》怒らせた小説が大流行のようだから、それでコント風のコメディーを書いてみたんです」と語り、「河盛さんは（日本一の批評家とされている）小林秀雄よりずっと読み巧者です」といった。

ここに引いたのは冒頭において主人公を紹介する一節であるが、まさにその通りの展開で哄笑《こうしょう》に次ぐ哄笑に誘《いざな》ったあげく、最後に現われる結びの言葉に、読者は完全に意表を突かれ、呆気《あっけ》に取られて爆笑せずにはいられないであろう。

「……きょうは、ごちそうになったな。ウイスキイは、もらって行く」

それは、覚悟していた。私は、四分の一くらいはいっている角瓶に、彼がまだ茶呑茶碗《ちゃのみぢゃわん》に飲み残して在るウイスキイを、注ぎ足してやっていると、

「おい、おい。それじゃないよ。ケチな真似《まね》をするな。新しいのがもう一本押入れの中にあるだろう」

「知っていやがる」私は戦慄《せんりつ》し、それから、いっそ痛快になって笑った。あっぱれ、というより他は無い。東京にもどこにも、これほどの男はいなかった。

（「親友交歓」）

小学校の同級生と称して、疎開《そかい》中の作家を訪ねて来た旧友の、恐るべき図々しさと抜け目のなさ、そしてまた端倪《たんげい》すべからざる頭のよさ等々を、まざまざと目に見えるように活写した――といっても、実在の人物を丸ごと写し取ったわけではなく、元になった出来事を例によって針小棒大に膨らませ、さらに郷里におけるさまざまな経験やら見聞やら想像やらをつき交ぜて造型し、新たに創《つく》り上げた人物像に違いないのだが――まことに警抜なユーモア小説である。

『津軽』に出て来た蟹田《かにた》のSさんを善意の塊とすれば、ここに出て来る「親友」は、自分でも制御できない悪意や敵意や反感や、無神経や無作法が複雑怪奇に絡《から》まり合ったコンプレックスの塊で、酒が入るとそれらを剥《む》き出しにせずにはいられなくなる。かれはいわば「世間」の象徴であったのかもしれない。というと何だか観念的な存在のようだけれど、実際はこれほど具体的なリアリティーに満ち溢《あふ》れた人間像はない。この人物造型に費やされた作者の観察力と想像力の精密さは、まさに驚嘆に値する。

これを読むにつけても惜しまれるのは、作者の早世だ。太宰は結局、作者の主観的表白に終始して、客観小説には成功せずに終わったけれども、この痛烈な筆致で多彩な人物像を造型していれば、どれほど滑稽《こっけい》な本格小説が生まれていたであろう……とおもわずにいられない。

けれども、まだまだこれでおしまいでは無かったのである。さらに有終の美一点が附加せられた。まことに痛快とも、小気味よしとも言わんかた無い男であった。玄関まで彼を送って行き、いよいよわかれる時に、彼は私の耳元で烈《はげ》しく、こう囁《ささや》いた。

「威張るな！」

（「親友交歓」）

繊細な太宰は、疎開中の郷里でずいぶん傷つくことが多かったろう。津軽には社交辞令よりも率直であることを美徳とする気風があるから、辛辣《しんらつ》な人が少なくなく、アルコールが入るとその傾向がいっそう甚だしくなる。何を隠そう、ぼくにも中年まではその性癖があって、酒乱の悪名が高かった。この作品に登場する「親友」は、ぼく自身であるといえなくもない。

疎開中の太宰も、この津軽人の「率直さ」にしばしば遭遇したろう。まして太宰は臑《すね》に傷持つ人であり、その傷も一つや二つ等《など》といった生易しい数ではない。ずけずけいわれて愉快であるはずがなく、平静ではいられない気持になる場合も少なくなかったろう。しかし、作中にも書かれているように、ここは衆議院議員の兄（のちに青森県初の民選知事となる津島文治）の選挙区であり、自分はその兄の家に居候《いそうろう》している身である。隠忍自重せざるを得ない。

ならぬ堪忍《かんにん》、するが堪忍の被害者のつもりでいた「作家」と加害者の「親友」の関係が、結びの一語で一気に逆転する。「親友」のほうこそ「作家」が気づいていないさまざまなことに傷ついて、自分のほうが被害者のつもりでいたのだ。ユーモアは自分よりも相手の身になったときに生ずる。すなわちこれは、太宰が生涯の難題とした「己れを愛する如く、汝《なんじ》の隣人を愛せ」を実践する物語だったのである。

ああ、その時です。背後の兵舎のほうから、誰やら金槌《かなづち》で釘《くぎ》を打つ音が、幽《かす》かに、トカトントンと聞えました。それを聞いたとたんに、眼から鱗《うろこ》が落ちるとはあんな時の感じを言うのでしょうか、悲壮も厳粛も一瞬のうちに消え、私は憑《つ》きものから離れたように、きょろりとなり、なんともどうにも白々しい気持で、夏の真昼の砂原を眺め見渡し、私には如何《いか》なる感慨も、何も一つも有りませんでした。

(「トカトントン」)

昭和二十一年九月三十日、それまで何通か長文の手紙を受け取り、文通していた水《み》戸《と》市在住の愛読者保知勇二郎（二十六歳）に、太宰は次のような葉書を出した。

「拝啓　御勉強、御努力中の事と存じます。私も毎日仕事で、努力中であります。こんどの仕事の中に、いつかのあなたの手紙にあったトンカチの音を、とりいれてみたいと思っています。（まだ、とりかかっていませんけど）もちろんあなたの手紙をそっくり引用したり、そんな失礼な事は絶対にいたしませんから。また、あなたに少しでもご迷惑のかかるような事は決してありませんから。トンカチの音を貸して下さるようお願いします。若い人たちのげんざいの苦悩を書いてみたいと思っているのです」

こうして書き出された「トカトントン」は、十一月上旬頃に脱稿され、昭和二十二年一月一日付発行の「群像」新年号に掲載された。

その時、実際ちかくの小屋から、トカトントンという釘打つ音が聞えたのです。この時の音は、私の幻聴ではなかったのです。海岸の佐々木さんの納屋《なや》で、事実、音高く釘を打ちはじめたのです。トカトントン、トントントカトン、とさかんに打ちます。私は、身ぶるいして立ち上りました。

「わかりました。誰にも言いません」花江さんのすぐうしろに、かなり多量の犬の糞《ふん》があるのをそのとき見つけて、よっぽどそれを花江さんに注意してやろうかと思いました。

（「トカトントン」）

　これは大事なことだとおもうのだが、太宰は年下にすこぶる親切で筆まめな人間で、弟子たちが習作を郵送すると、必ずちゃんと感想を記した返事をよこす。未知の読者である保知勇二郎の最初の便りにも、葉書でこう書き送った。

「拝復　貴翰《きかん》拝誦《はいしょう》仕《つかまつ》りました。長い御手紙に対して、こんな葉書の返辞では、おびただしい失礼だけれども、とにかく挨拶《あいさつ》がわりに、これを書きました。出来るだけわがまま勝手に暮してごらんなさい。青春はエネルギーだけだとヴアレリイ先生が言っていたようです。不一」（八月三十一日）

　さらに、九月十一日には、

「前便もまた、いまの御便りも自分にはたいへんよくわかるような気がしました。このような生きかたは、つらいものです。（中略）君も、味方をひとり得たわけだから、おっとめのひまには手記をつづり、まとまったら、送ってみて下さい。御自重を祈る。不尽」

　どうせまた最初から小説の材料にするつもりだったんだろう……などと決めつけてはならない。まあ、そんな気持も途中からは幾分かあったとおもうけれども。

　ただし、ここに引いた部分の「オチ」は、間違いなく太宰の創作であろう。

　ニヒリズムを語るときも、ユーモアを忘れないのが、太宰流である。

なお最後にもう一言つけ加えさせていただくなら、私はこの手紙を半分も書かぬうちに、もう、トカトントンが、さかんに聞えて来ていたのです。こんな手紙を書く、つまらなさ。それでも、我慢してとにかく、これだけ書きました。そうして、あんまりつまらないから、やけになって、ウソばっかり書いたような気がします。花江さんなんて女もいないし、デモも見たのじゃないんです。その他の事も、たいがいウソのようです。

しかし、トカトントンだけは、ウソでないようです。読みかえさず、このままお送り致します。敬具。

（「トカトントン」）

読者からの手紙というスタイルで書かれ、「読みかえさず、このままお送り致します。敬具」と結ばれたあとに、受け取った「某作家」はこう返事を書く。

「真の思想は、叡智《えいち》よりも勇気を必要とするものです。マタイ十章、二八、『身を殺して霊魂《たましい》をころし得ぬ者どもを懼《おそ》るな、身と霊魂《たましい》とをゲヘナにて滅し得る者をおそれよ』この場合の『懼る』は、『畏敬《いけい》』の意にちかいようです。このイエスの言に、霹《へき》靂《れき》を感ずる事が出来たら、君の幻聴は止《や》む筈《はず》です。不尽」

このマタイ十章二八は、塚本虎二《とらじ》訳では、

「体を殺しても、魂を殺すことの出来ない者を恐れることはない。ただ、魂も体も地獄で滅ぼすことの出来るお方を恐れよ」

となっている。

つまり、太宰は神を懼れて生きていたわけで、いっさい何の価値も権威も信じない虚無主義者であったわけではない。

だが、脳裡《のうり》に響く金槌の音を聞くたび、何もかもいっぺんに空《むな》しくなってしまう……という「トカトントン」は、当時の人びとの胸底に潜む虚無感を、鮮やかに表現した象徴的な作品として、太宰をニヒリズムの作家とするイメージと、それに共感する若い世代の支持を決定的なものにした。

私はことし既に三十九歳になるのであるが、私のこれまでの文筆に依って得た収入の全部は、私ひとりの遊びのために浪費して来たと言っても、敢《あ》えて過言ではないのである。しかも、その遊びというのは、自分にとって、地獄の痛苦のヤケ酒と、いやなおそろしい鬼女とのつかみ合いの形に似たる浮気であって、私自身、何のたのしいところも無いのである。また、そのような私の遊びの相手になって、私の饗応《きようおう》を受ける知人たちも、ただはらはらするばかりで、少しも楽しくない様子である。

（「父」）

この作品を書いた昭和二十二年の太宰の年収は——。

毎月おおむね一流の雑誌に発表される短篇と連載小説の原稿料。戦前戦中は支持者が文学愛好者の一部にかぎられていたが、戦後は急速に広範囲の人気作家、花形作家となったので、再刊の改装版や改訂版および内容を組み替えた再録本が、『猿面冠者《さるめんかじゃ》』『道化の華』『正義と微笑』『八十八夜』『黄村先生言行録』『津軽』『惜別』『姥捨《うばすて》』『パンドラの匣《はこ》』『ろまん燈籠《どうろう》』『愛と美について』『狂言の神』と次から次へと出版されたうえに、新刊の『冬の花火』『ヴィヨンの妻』『斜陽』が加わり、さらに新潮文庫の戦後復刊初年度のラインナップに『晩年』が入っている。

それら全部を合わせた所得金額を、武蔵野《むさしの》税務署は二十一万円と査定した。

これがどの程度の額かといえば、この年の七月、政府の経済安定本部がインフレ抑制のために発表した新価格体系において、標準賃金とした千八百円をもとに計算すると、給与所得者の平均的な月収の百十七箇月分にあたる。

つまり、普通の生活者にはとても手の届かない多額の収入を、太宰は「地獄の痛苦のヤケ酒」や「鬼女とのつかみ合いの形に似たる浮気」に費やして、その年の暮れには、あらかた使い果たしてしまっていた。

一体どうしてこんな生き方、暮し方をするのか……。

父はどこかで、義のために遊んでいる。地獄の思いで遊んでいる。いのちを賭《か》けて遊んでいる。母は観念して、下の子を背負い、上の子の手を引き、古本屋に本を売りに出掛ける。父は母にお金を置いて行かないから。

（「父」）

世間的にはとうてい通用するはずのない理屈で、作者も当然それを知っているから、あとにつづけてこう書く。

「義？　たわけた事を言ってはいけない。お前は、生きている資格も無い放埒《ほうらつ》病の重患者に過ぎないではないか。それをまあ、義、だなんて。ぬすびとたけだけしいとは、この事だ。

それは、たしかに、盗人の三分《さんぶ》の理にも似ているが、しかし、私の胸の奥の白絹に、何やらこまかい文字が一ぱいに書かれている。その文字は、何であるか、私にもはっきり読めない。たとえば、十匹の蟻《あり》が、墨汁の海から這《は》い上って、そうして白絹の上をかさかさと小さい音をたてて歩き廻り、何やらこまかく、ほそく、墨の足跡をえがき印し散らしたみたいな、そんな工合《ぐあ》いの、幽かな、くすぐったい文字。その文字が、全部判読できたならば、私の立場の『義』の意味も、明白に皆に説明できるような気がするのだけれども、それがなかなか、ややこしく、むずかしいのである」

作者に読めなければ、読者も読めるはずがないのではないか。

義。

義とは？

その解明は出来ないけれども、しかし、アブラハムは、ひとりごを殺さんとし、宗吾郎は子わかれの場を演じ、私は意地になって地獄にはまり込まなければならぬ、その義とは、義とは、ああやりきれない男性の、哀《かな》しい弱点に似ている。

（「父」）

太宰のいう「義」とはなにか。

世間にたいしても、妻にたいしても、家庭にたいしても、まったく通用しない理屈であることは疑《い》いを容れない。

ぼくはこれまで、太宰のなかには、天性の嘘《うそ》つきと、馬鹿《ばか》がつくほどの正直者が同居していると書いてきた。普通なら隠しておきたい——自分でもどうしようもない弱点や欠点や愚かさや間違いを、こうもあからさまに何もかも曝《さら》けだす作家は、この人しかいない。これが、馬鹿正直な太宰である。おなじ弱さや愚かさを自覚している読者は、そこに惹《ひ》きつけられる。そして、そういう読者のために、世間的な理屈や損得にとらわれず、わが身を犠牲にして書くのが、太宰の「義」なのである。

白絹の上を這い廻る蟻が墨で印したような細かな文字……。だれにも読めない文字であるはずなのに、太宰の読者には幽《かす》かにおもい当たるふしがある。このように絶妙な表現を考えつき具体的なイメージとして描き出すのが、天性の嘘つきの太宰である。

「かれは、人を喜ばせるのが、何よりも好きであった！」

世間にも、妻にも、家庭にも通用しない理屈を、一体だれのために書くのか。

ただひたすら、読者のために。

それがかれにとって、唯一《ゆいいつ》絶対の「義」であったからなのではないだろうか。

「電気をつけちゃ、いや！」

するどい語調であった。

隣室の先生は、ひとりうなずく。電気を、つけてはいけない。聖母を、あかるみに引き出すな！

（「母」）

これも多くの人は、実在の人物をモデルに、太宰本人が実際に経験した出来事を、ありのままに淡々と描いた私小説として読むであろう。

それが取りも直さず、虚構を現実と感じさせる太宰の小説技法の冴《さ》えを如実《にょじつ》に証明しているのである。

作者とおもわれる「私」は、「日本海に面した或《あ》る港町の、宿屋の一人息子」の小川新太郎という青年に招かれて、かれの家へ遊びに行く。ヒントになった人物はいたかもしれないけれど、この小川青年の人物造型が、まずすこぶる秀逸である。「親友交歓」の「好いところが一つもみじんも無かった」というあの恐るべき人物とは対極に位置する、洗練された社交術と教養と機知を身につけた、めったにないくらい好感を抱かせる――つまり太宰の二役に相違ない――青年なのだ。

ここに引いたのは、もてなしを受けてかれの旅館に泊めてもらった夜更《よふ》け、隣室から聞こえてきた声にたいする「私」の感想であるが、「聖母」と書かれたのが、四十前後の細面の女中で、悪くない声をしており、この土地のひとではない、という伏線が、前日の一連の出来事のなかに、じつにさりげなく入念に敷かれていたのである。

そういった点に留意して読めば、これは高度に緻密《ちみつ》な計算と技術によって仕組まれた創作であることが、ありありと諒解《りょうかい》されるであろう。

「先生、お早う。ゆうべは、よく眠れましたか？」

「うむ。ぐっすり眠った」

私は隣室のあの事を告げて小川君を狼狽《ろうばい》させる企てを放棄していた。

そうして言った。

「日本の宿屋は、いいね」

「なぜ？」

「うむ。しずかだ」


（「母」）

「母」が「新潮」に発表されたとき、東大英文科の有名教授は、別の雑誌の「創作合評会」で「この作品で太宰氏は、しきりに地方文化の薄手なのを面白くヤユしている」が「実は、笑っているこの作者程度のニヒルそのものが、やはり、ここに笑われた地方文化程度に薄手なものであることに気づいているかしら」と、自分はいかにも厚手であるかのような立場から揶揄《やゆ》している。

とんでもない。

小川青年に、地方文化とは何ですか、と聞かれて、作中の「私」が、地元の濁酒《どぶろく》を例に引いて「どうせ作るなら、おいしくて、そうしてたくさん飲んでも二日酔いしないような、上等なものを作る。濁酒に限らず、イチゴ酒でも、桑の実酒でも、野葡萄《のぶどう》の酒でも、リンゴの酒でも、いろいろ工夫して、酔い心地のよい上等品を作る。たべものにしても同じ事で、この地方の産物を、出来るだけおいしくたべる事に、独自の工夫をこらす。そうして皆で愉快に飲みかつ食う。そんな事じゃ、ないかしら」と語るのは、今ならだれもが真っ当と認めるに違いない根本的な地方文化論だ。

ここに引用したのは、これも伏線を効果的に生かして構成されたラストシーンだが、戦場から帰還してきた隣室の元少年航空兵が味わった「故郷」のよさが、海辺の朝の清々《すがすが》しい空気の感じとともに、しみじみと伝わってくる佳品である。

あわただしく、玄関をあける音が聞えて、私はその音で、眼をさましましたが、それは泥酔《でいすい》の夫の、深夜の帰宅にきまっているのでございますから、そのまま黙って寝ていました。
夫は、隣の部屋に電気をつけ、はあっはあっ、とすさまじく荒い呼吸をしながら、机の引出しや本箱の引出しをあけて掻《か》きまわし、何やら捜している様子でしたが、……

（「ヴィヨンの妻」）

昭和二十二年の一月なかばに脱稿した「ヴィヨンの妻」の後半は、口述によって書かれた。筆記した弟子の小山清によれば、「太宰さんは、ときどき一ぷくされる以外は、すらすらと口述されました」という。

その小山が「これは太宰の最高傑作であり、また真に独創の名に価《あたい》する作品であろう。彼は遂に才能だけでは手の届かない作品を書いたのである」「この作品はまぎれもなく神品である」と絶賛し、井伏鱒二も、『晩年』と並んで二つの塔のように高くそびえる太宰の傑作、という評価をあたえた「ヴィヨンの妻」は、主人公の妻の〈一人称による語り〉という、作者がもっとも得意とする形式で展開される中篇で、ここに引いたのは、その書き出し——。

帰宅した夫は、そのうち訪ねてきた中年の男女といさかいをはじめ、「放せ！　刺すぞ」とジャックナイフをひらめかせて外へ飛び出して行く。

いったい何が起こったのか……。

じつに不可解な謎《なぞ》とサスペンスを感じさせる抜群の「ツカミ」である。

「なぜ、はじめからこうしなかったのでしょうね。とっても私は幸福よ」

「女には、幸福も不幸も無いものです」

「そうなの？　そう言われると、そんな気もして来るけど、それじゃ、男の人は、どうなの？」

「男には、不幸だけがあるんです。いつも恐怖と、戦ってばかりいるのです」

「わからないわ、私には。でも、いつまでも私、こんな生活をつづけて行きとうございますわ。椿屋《つばきや》のおじさんも、おばさんも、とてもいいお方ですもの」


（「ヴィヨンの妻」）

太宰を一躍「無頼派」の代表作家にしたこの作品は、敗戦まで長くつづいた価値観が崩壊して、かなりアナーキーになっていた当時の世相を知らなければ、理解するのが難しいかもしれない。

語り手の夫大谷《おおたに》は、雑誌に「フランソワ・ヴィヨン」という長い論文を書いたりしている詩人だが、しかし、フランス中世末期の詩人で、パリ大学の文学修士の肩書まで得ながら、放蕩《ほうとう》、強盗、殺人、入獄、放浪の生涯を送った悪魔的人物であるヴィヨンについての詳しい知識は、あるに越したことはないけれども、作品の理解に不可欠とはおもえない。要するにそうした論文を書いてハッタリを利《き》かせ、なにやら意味ありげに無頼な生活を送っている男が、泥酔して家に帰ると、妻に抱きついて「ああ、いかん。こわいんだ。こわいんだよ、僕は。こわい！　たすけてくれ！」とがたがた震えているほど気が弱く、飲み屋から五千円強奪するという不可解な事件の真相が、じつは妻子にいい正月をさせたかったから、などという、およそ無頼派詩人らしからぬ理由からであった……と、読者の意表を突く皮肉《アイロニー》のなかに、この作品の眼目があるとおもえる。既成の道徳や価値観の体系が崩壊したとき、何かを信じなければ生きていけない男がひどく脆《もろ》くて弱い存在になるのにたいし、女はそんなものに頼らなくても、ちゃんと生きていける。そんな男女の対比が、鮮明に示された一節だ。

「やあ、また僕の悪口を書いている。エピキュリアンのにせ貴族だってさ。こいつは、当っていない。神におびえるエピキュリアン、とでも言ったらよいのに。さっちゃん、ごらん、ここに僕のことを、人非人なんて書いていますよ。違うよねえ。僕は今だから言うけれども、去年の暮にね、ここから五千円持って出たのは、さっちゃんと坊やに、あのお金で久し振りのいいお正月をさせたかったからです。人非人でないから、あんな事も仕出かすのです」

私は格別うれしくもなく、

「人非人でもいいじゃないの。私たちは、生きていさえすればいいのよ」

と言いました。

（「ヴィヨンの妻」）

最後の一語に、当時は救われた気分になった読者が少なくなかった結びの部分。身勝手な夫と、発育不全の坊やを抱えながら、不平不満や泣き言をいわず、現状をあっけらかんと肯定して、明るく楽天的に生きて行こうとするさっちゃんは、作者の女性認識であると同時に、そこに希望を託したい願望の表われでもあったのに違いない。

小山清が「私はこの作品を読むたびに、いつもホッとして、重荷の下りたような気持になる。そして生きて行く勇気を与えられる」と述べたのは、自分の生き方に自信が持てず不安を感じていた読者の気分を代表する感想であろう。

小山はさらに「私にはこの作品の中から、あの慰めに満ちたイエスの言葉が聞えてくるような気さえするのである」と語る。

読者の多くにとっては関係がないと感じられるであろう信仰の問題を別にすれば、中期の作品には豊かに溢《あふ》れていたユーモアに乏しいので、あまりそんな風には感じられないかもしれないけれど、これは男の弱さと女の強さを対比した喜劇として見れば、もっとも的確に作品の本質をとらえられるのではないかとおもう。

姉さん。

僕に、一つ、秘密があるんです。

永いこと、秘めに秘めて、戦地にいても、そのひとの事を思いつめて、そのひとの夢を見て、目がさめて、泣きべそをかいた事も幾度あったか知れません。

そのひとの名は、とても誰にも、口がくさっても言われないんです。僕は、いま死ぬのだから、せめて、姉さんにだけでも、はっきり言って置こうか、と思いましたが、やっぱり、どうにもおそろしくて、その名を言うことが出来ません。

（『斜陽』）

太宰の作品は、一般の読者に向けた形式で書かれながら、じつは特定の個人に宛《あ》てた手紙の性質を持つときがある。

『斜陽』の語り手かず子の弟（で作者の分身でもある）直治《なおじ》が、姉への遺書に記した誰にもいえない「秘密」の内実は、ある人に宛てたラブレターであった。

「そのひとは、戦後あたらしいタッチの画をつぎつぎと発表して急に有名になった或《あ》る中年の洋画家の奥さんで、その洋画家の行いは、たいへん乱暴ですさんだものなのに、その奥さんは平気を装《よそお》って、いつも優しく微笑《ほほえ》んで暮しているのです」

これを読んだとき、美知子夫人はすぐにそれが自分であることに気づいたであろう。

そして、「よそに女を作ったりしているけれど、本当はお前をいちばん愛しているんだよ」というメッセージを確実に受け取ったものとおもわれる。

じっさい、「津島修治」の名で夫人宛《あて》にのこされた本物の遺書でも、最後の九枚目の結びに「美知様／お前を／誰よりも／愛してゐま／した」と記されていた。

この文字通り最期《さいご》の言葉は、それから長く苦難の人生を送った美知子夫人にとって、何よりも力強い心の支えになったに相違ない。

「人を喜ばせるのが、何よりも好きであった」太宰治は、まさにそのような作家であり、そのような人間であったのだった。

けがらわしい失策などとは、どうしても私には思われません。この世の中に、戦争だの平和だの貿易だの組合だの政治だののがあるのは、なんのためだか、このごろ私にもわかって来ました。あなたは、ご存じないでしょう。だから、いつまでも不幸なのですわ。それはね、教えてあげますわ、女がよい子を生むためです。

……………

私は、勝ったと思っています。

マリヤが、たとい夫の子でない子を生んでも、マリヤに輝く誇りがあったら、それは聖母子になるのでございます。

私には、古い道徳を平気で無視して、よい子を得たという満足があるのでございます。

（『斜陽』）

これも太宰の分身である作家上原二郎にたいして、語り手が書くこの手紙は、読者にヒロインかず子の考え方を示すと同時に、かず子のモデルとなった太田静子に宛て、自分が死んだ後も、こんな風に考えて生きて行ってほしい、子どももそんな風に育ててほしい、という作者の、必死の願いを籠《こ》めた「遺書」である。

太宰が死んだあと、彼女がこの自分宛の遺書によって、どれだけ励まされ、力づけられたかは、想像に難くない。

そして太田静子と遺児の治子《はるこ》は、じっさいその通りに生き、育って行ったのだった。

太宰の晩期の作品には、男は滅びゆく者であり、女は強く生きつづける者である、という認識と願望が、一貫した底流になっている。

ことに『斜陽』にそれが顕著で、滅びゆくしかない、頼りない作家上原二郎と、それに別れを告げ、自分ひとりの意志で子どもを産み、自立して太陽のように生きようと決意するかず子の対比《コントラスト》が、鮮明に読む者の目に映る。

この時期の太宰は、まさに命懸けで書いていた。

だから、モデルが誰かなどということは気にかけず、目に映る物語を追って行って、その底に籠められた作者の命懸けの祈りを感じとることができたら、その人は、文学でしか得られない貴重な宝物を手に入れたといえるだろう。

こいしいひとの子を生み、育てる事が、私の道徳革命の完成なのでございます。

あなたが私をお忘れになっても、また、あなたが、お酒でいのちをお無くしになっても、私は私の革命の完成のために、丈夫で生きて行けそうです。

あなたの人格のくだらなさを、私はこないだも或るひとから、さまざま承りましたが、でも、私にこんな強さを与えて下さったのは、あなたです。私の胸に、革命の虹《にじ》をかけて下さったのはあなたです。生きる目標を与えて下さったのは、あなたです。

私はあなたを誇りにしていますし、また、生れる子供にも、あなたを誇りにさせようと思っています。

私生児と、その母。

けれども私たちは、古い道徳とどこまでも争い、太陽のように生きるつもりです。

どうか、あなたも、あなたの闘いをたたかい続けて下さいまし。

（『斜陽』）

『斜陽』でもっとも画期的なのは、そんな言葉がまだ影も形もなかった時代に「シングルマザー」のイメージを提出したことである。

この作品が発表された昭和二十二年当時、結婚せずに子どもを産むのは、道徳的に考えられないほど悪いことで、「私生児」という言葉には、全くマイナスの価値しかなかった。

封建的な道徳観、結婚観において、結婚とは家と家の結びつきであり、性行為は子孫繁栄のためのもので、親が決めた相手と結婚し、世間的に認められて初めて子どもを産む……という道筋のみが、唯一《ゆいいつ》絶対の「善」と信じられていた時代に、「悪」の代名詞であった私生児であることを、むしろ誇りにして生きよ、と太宰はいう。

これはそれまでの日本に全くなかった考え方で、既成概念の決定的な転換であった。見合い結婚が圧倒的多数であった戦前から、女性はつねに心の底では恋愛に憧《あこが》れ、世間体とはおおむね単なる形式でしかないことを本能的に知っていた。

なぜなら女は「生む性」だからである。

だからこそ理屈でなく本能で、女性は「真に愛する人の子どもを生みたい」と願う。そうした女性の本音にストレートに呼応した『斜陽』は、発売された直後から矢継ぎ早に版を重ねるベストセラーになり、題名の斜陽は社会の流行語となった。

「あのかた、どなた？」

「うるさいなあ。誰だっていいじゃないか。」

僕も、さすがに閉口していた。

「ね、どなた？」

「川上っていうんだよ。」

もはや向っ腹が立って来て、いつもの冗談も言いたく無く、つい本当の事を言った。

「ああ、わかった。川上眉山《びざん》。」

滑稽《こっけい》というよりは、彼女のあまりの無智《むち》にうんざりして、ぶん殴りたいような気にさえなり、

「馬鹿《ばか》野郎！」

と言ってやった。


（「眉山」）

作中では何の説明もされないが、川上眉山は明治中期の人気作家で、とっくの昔に自殺してもうこの世にはいない。それなのに、何にでも知ったかぶりをして話に割り込んでくる新宿の小料理屋の女中トシちゃんは、「僕」の仲間のピアニストの苗字《みようじ》を「川上」と聞いて、川上眉山かとおもいこむ。つまりこれは、はたち前後の彼女がいかに常識のないトンチンカンであるかを象徴的に示すあだ名なのだ。

作品の前半に、次から次へと失態を演じて、読者を大笑いさせる若松屋のトシちゃんの戯画化は、いかにも極端な拵《こしら》え物におもわれるかもしれない。じっさいには、これは（およそ半年後に太宰と玉川上水に投身することになる）山崎富栄のかなり的確なカリカチュアであった。このころ太宰の周囲にいる人の目に、いつも半可通の知識で話に割り込んでくる富栄は、いささか誇張すればこんな風に映っていたのである。

富栄の場合、階段をダダダダダと大きな音を立てて駆け降りる原因は、強度の近眼であった。少女時代は清楚《せいそ》で可憐《かれん》だった彼女の面影が、一変して地味になったのは眼鏡をかけだしてからで、太宰はきっとアルバムを見て、眼鏡はかけないほうがいい、といったのだろう。それを外してから、階下の便所に下りる暗い急な階段は、彼女にとって危険なものになった。だから、できるだけ我慢した尿意が堪《こら》えきれなくなって駆け降りるとき、階段を踏み外して、ダダダダダと大きな音を立てることになる。

「話にも何もなりゃしないんですよ、あの子のそそっかしさったら。外からバタバタ眼つきをかえて駈《か》け込んで来て、いきなり、ずぶりですからね。」

「踏んだのか。」

「ええ、きょう配給になったばかりのおミソをお重箱に山もりにして、私も置きどころが悪かったのでしょうけれど、わざわざそれに片足をつっ込まなくてもいいじゃありませんか。しかも、それをぐいと引き抜いて、爪先《つまさき》立ちになってそのまま便所ですからね。どんなに、こらえ切れなくなっていたって、何もそれほどあわて無くてもよろしいじゃございませんか。お便所にミソの足跡なんか、ついていたひには、お客さまが何と、……」

（「眉山」）

若松屋のトシちゃんの場合、切迫した尿意に駆られて、階段をダダダダダと駆け降り、味噌《みそ》を踏んづけた足のまま便所に駆け込んだのは、じつは腎臓《じんぞう》結核という持病があったからだった。その症状が末期的になって、トシちゃんが郷里の静岡に帰ったあとで、それを聞かされた「僕」が、おもわず「……いい子でしたがね。」というと、洋画家の橋田氏も「いい子でした。」としみじみいい、「いまどき、あんないい気性の子は、めったにありませんですよ。私たちのためにも、一生懸命つとめてくれましたからね。私たちが二階に泊って、午前二時でも三時でも眼がさめるとすぐ、下へ行って、トシちゃん、お酒、と言えば、その一ことで、ハイッと返事して、寒いのに、ちっともたいぎがらずにすぐ起きてお酒を持って来てくれましたね、あんな子は、めったにありません。」と語る。

それまでの戯画化は、じつは計算された伏線で、真相が判明すると、トシちゃんの滑稽《こっけい》さに大笑いしてきた読者も、作中の「僕」と同様に粛然とした哀惜の情を覚えて、人間の表面的な印象と人生の真実とはずいぶん違うものだな……といった感慨に導かれる。だから、富栄を知る人たちが、おおむねモデルの察しがつく「眉山」を読むと、それまでの反撥《はんぱつ》や蔑視《べっし》にかわって、彼女に好意を抱かざるを得なくなる。

舞台裏をいえば、これはそんな風に書かれた小説なのである。

子供より親が大事、と思いたい。

（「桜桃」）

「桜桃」のこの書き出しは、数ある太宰の箴言《しんげん》のなかでも、「家庭の幸福は諸悪の本《もと》」と対《つい》をなして、もっとも広く知られた一句であろう。

何でも逆さまに引っ繰り返すのが大好きなかれは、男は女より弱い、という「ヴィヨンの妻」『斜陽』を世に送った翌年、死を間近に控えて書かれた「桜桃」では、ついに、子どもより親のほうが弱い、というに至る。

題名と書き出しのあいだに、

「われ、山にむかいて、目を挙ぐ」

という旧約聖書詩篇の句が、題銘《エピグラフ》として掲げられていて、この「山」というのは、「主の家」の建つ丘、エルサレムの都を意味し、そのあとに「わが扶助《たすけ》はいづこよりきたるや　わがたすけは天地《あめつち》をつくりたまへるヱホバよりきたる」とつづく詩篇第百二十一は、「京《みやこ》まうでの歌」と題されている。

そのように天地創造の神ヱホバを讃《たた》え、救いを求めて主の家を詣《もう》でるさいに唱える詩句を、題銘として引きながら、作中の夫婦喧嘩《げんか》のあと、立ち上がった語り手の「私」が、ふわりと外に出て、まっすぐに向かうのは「酒を飲む場所」である。

つまり「私」は、内心の切実な祈りや願いとは反対の場所へ行かずにはいられない性質の人間なのである。

小説を書く時も、それと同じである。私は、悲しい時に、かえって軽い楽しい物語の創造に努力する。自分では、もっとも、おいしい奉仕のつもりでいるのだが、人はそれに気づかず、太宰という作家も、このごろは軽薄である、面白さだけで読者を釣る、すこぶる安易、と私をさげすむ。

（「桜桃」）

この作品を書いたのとおなじころ、雑誌「個性」の「小説とは何か」というアンケートに答え、「小説の面白さ」と題して、太宰は概略つぎのように述べている。（原文は「です」「ます」調で書かれているのだが……）

小説は本来、女子供の読むもので、じつは婦女子をだませばそれで大成功。そのだます手も色々あって、或《ある》いは謹厳をよそおい、或いは美貌《びぼう》をほのめかし、或いは名門の出と偽り、或いはろくでもない学識をひけらかし、或いはわが家の不幸を恥も外聞もなく発表し、もって婦人のシンパシーを買わんとする意図が明々白々であるにもかかわらず、評論家という馬鹿者がいて、それを捧《ささ》げ奉《たてまつ》り、自分の飯の種にしたりしているようだから呆《あき》れる。

むかし滝沢馬琴という人がいて、ライフワーク『里見八犬伝』の序文に、婦女子のねむけ醒《ざま》しともなれば幸いなりと書いてあったが、そのねむけ醒しのために、あの人は目を潰《つぶ》してしまい、口述筆記で続けたというから、馬鹿な話ではないか……。

持ち前の韜晦《とうかい》癖を前面に出した戯文調だが、当方の推測もまじえて敷衍《ふえん》すれば、文学の本質について内心深く期するところは当然あったであろうけれども、太宰は一方において、そのころの私生活と同様に、小説とは自分の命を削ってまで、相手を喜ばせる「お話」を作って、読者をもてなすものと強く信じていたのである。

もともと、あまりたくさん書ける小説家では無いのである。極端な小心者なのである。それが公衆の面前に引き出され、へどもどしながら書いているのである。書くのがつらくて、ヤケ酒に救いを求める。ヤケ酒というのは、自分の思っていることを主張できない、もどっかしさ、いまいましさで飲む酒の事である。いつでも、自分の思っていることをハッキリ主張できるひとは、ヤケ酒なんか飲まない。（女に酒飲みの少いのは、この理由からである）

（「桜桃」）

そもそも素面《しらふ》では人と話もできない小心者のかれが、飲み屋の二階を仕事部屋にしたことから、無茶というか無謀の極みで、自殺行為に近かった。

朝から午後三時ごろまでの執筆で消耗しきって、疲労困憊《こんぱい》した太宰は、一時間ほど休んで階下に降り、時間を見計らってやって来る編集者やファンの相手をはじめる。

なにしろ「かれは、人を喜ばせるのが、何よりも好きであった！」という言葉を、自分の墓碑銘に望んだサービス精神の塊だから、酒が入って一時的に回復した元気をありったけ、周りを笑わせ感心させる当意即妙、才気煥発《かんぱつ》の会話に傾注して、次々にやって来る客の最後の一人が満足して帰るまで、賑《にぎ》やかに飲んでは語りつづける。作品ばかりでなく、酒席でもかれは、客をもてなすことに全力を挙げた。

「父」では、「私の饗応《きようおう》を受ける知人たちも、ただはらはらするばかりで、少しも楽しくない様子である」と語っていたけれども、本当はそんな風に客を喜ばせようとする酒席が、太宰のいう「ヤケ酒」の実態なのであった。体にいい訳がなく、太宰は人に「俺の贅沢《ぜいたく》なんて知れたものだ。高級な料亭で芸者遊びの一つもするわけじゃなし、たかが三鷹《みたか》あたりの小料理屋で、書生の遊興みたいなもんだ」と語っていたが、当時はほかの何よりも値段の高い酒を、それだけの人数に連夜気前よく振る舞っていたら、勘定のツケはどんどん途方もない額に膨れ上がって行く。

桜桃が出た。

私の家では、子供たちに、ぜいたくなものを食べさせない。子供たちは、桜桃など、見た事も無いかも知れない。食べさせたら、よろこぶだろう。父が持って帰ったら、よろこぶだろう。蔓《つる》を糸でつないで、首にかけると、桜桃は、珊瑚《さんご》の首飾のように見えるだろう。

しかし、父は、大皿に盛られた桜桃を、極めてまずそうに食べては種を吐き、食べては種を吐き、食べては種を吐き、そうして心の中で虚勢みたいに呟《つぶや》く言葉は、子供よりも親が大事。

（「桜桃」）

酒を飲む場所で出された桜桃は、作者が心中で強く求めていた「家庭の幸福」の象徴であろう。太宰が小説家として無類の名手であった証拠は、「桜桃」という題名と、それが実際に現われるラストシーンに、これ以上ないほど鮮やかに表現されている。

この場合、家庭の幸福を象徴する果実は、林檎《りんご》でも梨《なし》でも桃でも、もちろんバナナでもなく、なんとしても小粒で素朴で可憐《かれん》で、表皮が艶《つや》やかな光沢を放つ桜んぼでなければならない。それを家にいる子供に、「父が持って帰ったら、よろこぶだろう。蔓を糸でつないで、首にかけると、桜桃は、珊瑚の首飾のように見えるだろう」という一節に示された感受性と想像力の、なんという豊かさと切なさ——。

しかし、父は、それを「極めてまずそうに食べては種を吐き、食べては種を吐き、食べては種を吐き」、そうして最後には心の中で、虚勢を張るように、冒頭の一句をより断定的にして「子供よりも親が大事。」と、苦渋にみちた言葉を逆説的に吐き棄《す》てるのである。

自分よりも勿論《もちろん》、子供のほうが大事、とか、家庭の幸福こそすべての本、といった当然のことをいかにも殊勝気に述べていたのでは、とうてい表現できない人生の苦く辛《つら》い深奥《しんおう》の光景が、逆説とアイロニーによって鮮明に浮かび上がる。

私小説風の短篇では、これを随一の秀作としてぼくは挙げたい。

「官僚が悪い」という言葉は、所謂《いわゆる》「清く明るくほがらかに」などという言葉と同様に、いかにも間が抜けて陳腐で、馬鹿《ばか》らしくさえ感ぜられて、私には「官僚」という種属の正体はどんなものなのか、また、それが、どんな具合いに悪いのか、どうも、色あざやかには実感せられなかったのである。問題外、関心無し、そんな気持に近かった。つまり、役人は威張る、それだけの事なのではなかろうかとさえ思っていた。

（「家庭の幸福」）

いまや官僚にたいする批判は、国中で口にしない人がいないくらいありふれたものになったけれども、日本が右肩上がりの経済成長をつづけていた時代には、政治家が何もできなくたって、わが国は官僚が優秀だから、ちゃんとやって行けるんだ……とおもいこんでいる人が少なくなかったのである。

この作品の語り手である「私」も、ここに引いた書き出しにつづけて、役人は、「その大半、幼にして学を好み、長ずるに及んで立志出郷、もっぱら六法全書の糞《くそ》暗記に努め、質素倹約、友人にケチと言われても馬耳東風、祖先を敬するの念厚く、亡父の命日にはお墓の掃除などして、大学の卒業証書は金色の額縁にいれて母の寝間の壁に飾り、まことにこれ父母に孝、兄弟には友ならず、朋友《ほうゆう》は相信ぜず、お役所に勤めても、ただもうわが身分の大過無きを期し、ひとを憎まず愛さず、にこりともせず、ひたすら公平、紳士の亀鑑《きかん》、立派、立派、すこしは威張ったって、かまわない、と私は世の所謂お役人に同情さえしていたのである」

という。太宰には逆立ちしたって出来ない生き方だから、相当に皮肉まじりにではあるけれど、少なくとも平均以上の人たちと認めていたのは確かだとおもわれる。

その考えに変化が生じたのは、病気で臥《ふ》せっているときに、初めてラジオで、役人と民衆が意見を述べ合う「街頭録音」なるものを耳にしたからであった。

所謂民衆たちは、ほとんど怒っているような口調で、れいの官僚に食ってかかる。すると、官僚は、妙な笑い声を交えながら、実に幼稚な観念語（たとえば、研究中、ごもっともながらそこを何とか、日本再建、官も民も力を合せ、それはよく心掛けているつもり、民主々義の世の中、まさかそんな極端な、ですから政府は皆さんの御助力を願って、云々《うんぬん》）そんな事ばかり言っている。つまり、その官僚は、はじめから終りまで一言も何も言っていないのと同じであった。所謂民衆たちは、いよいよ怒り、舌鋒《ぜっぽう》するどく、その役人に迫る。役人は、ますますさかんに、れいのいやらしい笑いを発して、厚顔無恥の阿呆《あほ》らしい一般概論をクソていねいに繰りかえすばかり。民衆のひとりは、とうとう泣き声になって、役人につめ寄る。

寝床の中でそれを聞き、とうとう私も逆上した。

（「家庭の幸福」）

もしその場にいて、意見を求められたら、きっとこう叫ぶ、と私はいう。

「……あなたは、さっきから、政府だの、国家だの、さも一大事らしくもったい振って言っていますが、私たちを自殺にみちびくような政府や国家は、さっさと消えたほうがいいんです。誰も惜しいと思やしません。困るのは、あなたたちだけでしょう。何せ、クビになるんだから。何十年かの勤続も水泡に帰するんだから。そうして、あなたの妻子が泣くんだから。ところが、こっちはもう、仕事のために、ずっと前から妻子を泣かせどおしなんだ。好きで泣かせているんじゃない。仕事のために、どうしても、そこまで手がまわらないのだ。それを、まあ、何だい。ニヤニヤしながら、そこを何とか御都合していただくんですなあ、だなんて、とんでもない。首をくらせる気か。おい、見っともないぞ。そのニヤニヤ笑いは、やめろ！　あっちへ行け！　みっともない。私は社会党の右派でも左派でもなければ、共産党員でもない。芸術家というものだ。覚えて置き給《たま》え。不潔なごまかしが、何よりもきらいなんだ。どだい、あなたは、なめていやがる。そんな当りさわりの無い、いい加減な事を言って、所謂民衆をなだめ、納得させる事が出来ると思っているのか。たった一言でいい、君の立場の実情を言え！　君の立場の実情を。……」

胸の中で面罵《めんば》しているうちに、いっそう憤怒《ふんぬ》がつのり、とうとう涙が出て来た。

家庭の幸福。家庭の平和。

人生の最高の栄冠。

皮肉でも何でも無く、まさしく、うるわしい風景ではあるが、ちょっと待て。

…………

家庭の幸福は、或《あ》るいは人生の最高の目標であり、栄冠であろう。最後の勝利かも知れない。

しかし、それを得るために、彼は私を、口惜《くや》し泣きに泣かせた。

私の寝ながらの空想は一転する。

ふいと、次のような短篇小説のテーマが、思い浮んで来たのである。


（「家庭の幸福」）

脳裡《のうり》に描いた小説の主人公の名前は、津島修治。東京都下の或《あ》る町役場の戸籍係りで、三十歳。いつもにこにこしていて、細君にとっては模範的な亭主であり、老母にとっては模範的な孝行息子であり、二人の子供にとっては模範的なパパであった。彼は酒も煙草《たばこ》もやらない。我慢しているのでは無く、ほしくないのだ（お気づきであろうが、本名がおなじであるだけで、あとは何から何まで、太宰とは正反対の人間である）。たまたま同僚に押しつけられた「たからくじ」が、千円の当りくじとなり、家族にも同僚にも内緒の金で、故障していたラジオ受信機の新品を買い求め、それを家に届けてもらうよう依頼したあと、何事もなかったように、役場に出勤する。家に帰れば、絵に描いたような家庭の幸福が待っているだろう。ついに帰宅時間になったとき、ひどく見すぼらしい身なりで、出産届けを持って窓口に現われた女を、「あしたになさい、ね、あしたに」と津島は優しく押し戻し、家に帰ってしまう。

以下は原文――。理由ははっきりとは解《わか》らないけれども、

「とにかく、その女は、その夜半に玉川上水に飛び込む。新聞の都下版の片隅に小さく出る。身元不明。津島には何の罪も無い。帰宅すべき時間に、帰宅したのだ。どだい、津島は、あの女の事など覚えていない。そうして相変らず、にこにこしながら家庭の幸福に全力を尽している」

だいたいこんな筋書の短篇小説を、私は病中、眠られぬままに案出してみたのであるが、考えてみると、この主人公の津島修治は、何もことさらに役人で無くてもよさそうである。銀行員だって、医者だってよさそうである。けれども、私にこの小説を思いつかせたものは、かの役人のヘラヘラ笑いである。あのヘラヘラ笑いの拠《よ》って来る根元《こんげん》は何か。所謂「官僚の悪」の地軸は何か。所謂「官僚的」という気風の風洞は何か。私は、それをたどって行き、家庭のエゴイズム、とでもいうべき陰鬱《いんうつ》な観念に突き当り、そうして、とうとう、次のような、おそろしい結論を得たのである。

曰《いわ》く、家庭の幸福は諸悪の本《もと》。

（「家庭の幸福」）

この結びの言葉を、われわれはいかにも太宰流の逆説と受け取って来たのだけれど、もっぱら形式論理を弄《ろう》して実はひたすら自己の保身と利得に専念する「官僚的思考」と、自家の家庭の幸福のみ追い求めて他をいっさい顧みないエゴイズムとの結合が、まさしく諸悪の根源であることは、いまや大方の目に疑いようがないであろう。

太宰が、私たちを自殺させるような政府や国家はいらない、とか、首をくらせる気か、と悲憤慷慨《こうがい》したのは、ラジオの街頭録音を聞いたからだけでなく、じつは昭和二十三年二月下旬のこのころ、予想もしなかった巨額の税金の通知を受けて、大変な衝撃を受けたせいもあったのではなかろうか。

前年の所得金額を二十一万円と査定した武蔵野《むさしの》税務署が、それにかけてきた所得税額は十一万七千余円という厖大《ぼうだい》なもので、しかも納入期限が三月二十五日という、まるで情け容赦のない苛酷《かこく》な通知書であった。小心な太宰は動転して肝も潰《つぶ》れるおもいであったろう。前年の収入はすっかり使い果たして、もうほとんど残っていない。

「太宰は税務署からの通知書を前にして泣いた」と美知子夫人は書いている。

太宰をもっともよく知る一人であったろう弟子の田中英光《ひでみつ》は、師が世を去ったあと、こんな見解を示した。死因とおもわれるものの第一は税金問題、第二は肉体の衰弱、第三はいわば文壇的ないじめだというのである。

他人を攻撃したって、つまらない。攻撃すべきは、あの者たちの神だ。敵の神をこそ撃つべきだ。でも、撃つには先《ま》ず、敵の神を発見しなければならぬ。ひとは、自分の真の神をよく隠す。

これは、仏人ヴァレリイの呟《つぶや》きらしいが、自分は、この十年間、腹が立っても、抑えに抑えていたことを、これから毎月、この雑誌（新潮）に、どんなに人からそのために、不愉快がられても、書いて行かなければならぬ、そのような、自分の意志によらぬ「時期」がいよいよ来たようなので、様々の縁故にもお許しをねがい、或いは義絶も思い設け、こんなことは大袈裟《おおげさ》とか、或いは気障《きざ》とか言われ、あの者たちに、顰蹙《ひんしゅく》せられるのは承知の上で、つまり、自分の抗議を書いてみるつもりなのである。

…………

私の小説の読者に言う、私のこんな軽挙をとがめるな。

（「如是《によぜ》我聞《がもん》」）

文壇全体に喧嘩《けんか》を売るような連載エッセイ「如是我聞」一回目の書き出しと結び。

昔の文壇には相撲の部屋制度のような気風があった。昭和二十三年の元日、井伏鱒二一門の年始の宴から帰って来た太宰は、「みんなが寄ってたかって自分をいじめる、といって泣いた」と美知子夫人は『回想の太宰治』に書いている。そして一月八日、その年初めて筆を執った「美男子と煙草《たばこ》」に、太宰はこう記す。

「私のたたかい。それは、一言で言えば、古いものとのたたかいでした」

「古い者は、意地が悪い。何のかのと、陳腐きわまる文学論だか、芸術論だか、恥かしげも無く並べやがって、以《もっ》て新しい必死の発芽を踏みにじり、しかも、その自分の罪悪に一向お気づきになっておらない様子なんだから、恐れいります」

「ただもう、命が惜しくて、金が惜しくて、そうして、出世して妻子をよろこばせたくて、そのために徒党を組んで、やたらと仲間ぼめして、所謂一致団結して孤影の者をいじめます」

そして「新潮」三月号からはじまった「如是我聞」では、まず、あの者たちの神は何か、と問いかけて、こう答えを出す。

「家庭である。／家庭のエゴイズムである。／それが結局の祈りである」

「ゲスな言い方をするけれども、妻子が可愛《かわい》いだけじゃねえか」

L君、わるいけれども、今月は、君にむかってものを言うようになりそうだ。君は、いま、学者なんだってね。ずいぶん勉強したんだろう。大学時代は、あまり「でき」なかったようだが、やはり、「努力」が、ものを言ったんだろうね。ところで、私は、こないだ君のエッセイみたいなものを、偶然の機会に拝見し、その勿体《もったい》ぶりに、甚だおどろくと共に、君は外国文学者（この言葉も頗《すこぶ》る奇妙なもので、外国人のライターかとも聞えるね）のくせに、バイブルというものを、まるでいい加減に読んでいるらしいのに、本当に、ひやりとした。古来、紅毛人の文学者で、バイブルに苦しめられなかったひとは、一人でもあったろうか。バイブルを主軸として回転している数万の星ではなかったのか。

（「如是我聞」）

日本人の名前で、頭文字がLというのはあり得ないから、連載二回目のこれは不特定多数の外国文学者に向けられた問いかけだ。だが、いったん怒りを発したときの太宰の鋭鋒《えいほう》が、いかに激越で痛烈なものになるかを知っていただくために、ここでは文中で伏せられている実名を挙げないわけにはいかない。

「ヴィヨンの妻」について、「どこかで、作者がイヒヒと笑っている」と書いた東大仏文科の渡辺一夫教授にたいし、太宰は「イヒヒと笑っているのは、その先生自身だろう。実にその笑い声はその先生によく似合う」「こんなことまでは、さすがに私も言いたくないが、私は作品を書きながら、死ぬる思いの苦しき努力の覚えはあっても、イヒヒの記憶だけは、いまだ一度も無い、いや、それは当然すぎるほど当然のことではないか。こう書きながらも、つくづくおまえの馬鹿《ばか》さが嫌になり、ペンが重く顔がしかめ面《つら》になってくる」といい返す。

「父」について、「ずっとおもしろいなと思って読めたが、さて何が書いてあったかと考えると、数日前のが思い出せない」と合評座談会で述べた東大英文科の中野好夫教授には、「このひとの求めているものは、宿酔《ふつかよい》である。そのときに面白く読めたという、それが即《すなわ》ち幸福感である。その幸福感を、翌《あく》る朝まで持ちこたえなければたまらぬという貪婪《どんらん》、淫乱《いんらん》、剛の者、これもまた大馬鹿先生の一人であった」と。

私の苦悩の殆《ほとん》ど全部は、あのイエスという人の、「己れを愛するがごとく、汝《なんじ》の隣人を愛せ」という難題一つにかかっていると言ってもいいのである。

（「如是我聞」）

敗戦直後のエッセイ「返事」の結末で「汝等おのれを愛するが如く、汝の隣人を愛せよ。／これが私の最初のモットーであり、最後のモットーです」としたこの句は、まず大戦開始直前の作「風の便り」に引かれ、大戦末期の「惜別」、戦後の「十五年間」「苦悩の年鑑」「冬の花火」と繰り返し引用されて、今度はこの連載の三回目に。

そのイエスの言葉を、太宰は自分自身の生き方に鋭く突き刺さる問いとして受け止め、大嘘《おおうそ》つきの反面にあったもう一方の天性である馬鹿正直さで徹底的に考えつめて、おれは一遍も人を愛したことがないのかもしれない、という悩みを人に打ち明けていた。ここに引用した部分の「難題」という言葉について、門下の菊田義孝《きくたよしたか》は『太宰治と罪の問題』でいう、「これは太宰の聖書に対する全くの誤解、あるいは曲解というほかはない。キリストは我々にそんな『難題』を課するためにこの世に来たのではなく、かえってその難題から人類を解放するために来たのである」と。また「（神の罰は信じられても、神の愛は信じられない……）そこに彼の限界があった」のだとも。

「己れ自身のごとく隣人を愛する」のは、本来人間には不可能なことで、それを厳守すべき律法とすれば、われわれは実行し得ない自分の罪を意識するしかない。しかし、自分は罰せられるべき人間であるとおもいつづけて生きてきた太宰は、罪の意識を深める方向へ進む速度を、このころ、よりいっそう速めていたのだった。

君について、うんざりしていることは、もう一つある。それは芥川の苦悩がまるで解《わか》っていないことである。

日蔭《ひかげ》者の苦悶《くもん》。

弱さ。

聖書。

生活の恐怖。

敗者の祈り。

君たちには何も解らず、それの解らぬ自分を、自慢にさえしているようだ。そんな芸術家があるだろうか。


（「如是我聞」）

「君」というのは志賀直哉《なおや》。喧嘩を売るときは、年が二十六歳も上で文壇の最高峰と目されている相手を「君」と呼んで対等の口をきくのである。結局、これが最終回となる第四回は、のっけから志賀直哉への猛烈な敵意をあからさまにした罵詈《ばり》雑言と、相手の人格にたいする誹謗《ひぼう》中傷に等しい言辞の羅列からはじまる。

太宰は、軽妙な皮肉を籠《こ》めて切れ味の鋭い悪口の達人で、作品の中ばかりでなく日常の文学談義でも、これまで随所にその才能を発揮してきたのだけれど、いったん自分が不評の対象になると、俄然《がぜん》頭に血が上って激昂《げっこう》し、ほとんど制御が不可能なまでに荒れ狂う。まえから因縁はあったのだが、今回直接のきっかけとなったのは、「文藝《ぶんげい》」六月号の座談会で、志賀が太宰の『斜陽』を「閉口したな」、「犯人」を「あれはひどいな」と評したことだった。

太宰は志賀にたいしてありったけの悪口を並べ立て、ただ威張る「腕力の強いガキ大将、お山の大将、乃木《のぎ》大将」とあざけり、「売り言葉に買い言葉、いくらでも書くつもり」と結んだ。(傍点引用者)

「如是我聞」の連載は一年間の予定で、担当編集者の野平《のひら》健一にこの第四回の口述を終えたのが六月五日。つまり、山崎富栄と入水《じゅすい》する八日か九日前のこのとき、太宰はまだまだこれを書きつづけるつもりでいたのである。

恥の多い生涯を送って来ました。

自分には、人間の生活というものが、見当つかないのです。

……………

自分は隣人と、ほとんど会話が出来ません。何を、どう言ったらいいのか、わからないのです。

そこで考え出したのは、道化でした。

それは、自分の、人間に対する最後の求愛でした。

……………

おもてでは、絶えず笑顔をつくりながらも、内心は必死の、それこそ千番に一番の兼ね合いとでもいうべき危機一髪の、油汗流してのサーヴィスでした。


（『人間失格』）

新潮文庫の惹句《じゃっく》はいう、「この主人公は自分だ、と思う人とそうでない人に、日本人は二分される」と。自分だ、とおもう人の数は、現在、日増しにふえているのではなかろうか。

この作品に描かれているのは、あらゆる人間――というよりも「他者」にたいする極度の不安と恐怖、そうした他者によって形成される学校や世間への違和と脱落の感覚、その落差を埋めるための演技の意識……等等、思春期の男女が「外部」と接する入口に立ったとき、かならず直面する問題である。

それらは、程度の差はあっても、多かれ少なかれみんな実感することであるから、外面と内面の落差の大きさに悩んでいる人ほど、ああ、自分だけじゃなかったんだ……と安堵《あんど》の吐息をつくに相違ない。

とくに、いまいじめに遭っている少年少女が読めば、まったく自分自身のことが書かれているように感じられるだろう。

そして、〈私信〉の性質を内包する太宰独特の語りかけに、この人はどうしてこんなに私のことがよくわかるんだろう、という驚きから、やがて、この人をわかるのは自分だけだ、という確信に達するものとおもわれる。

自分は、わざと出来るだけ厳粛な顔をして、鉄棒めがけて、えいっと叫んで飛び、そのまま幅飛びのように前方へ飛んでしまって、砂地にドスンと尻餅《しりもち》をつきました。すべて、計画的な失敗でした。果して皆の大笑いになり、自分も苦笑しながら起き上ってズボンの砂を払っていると、いつそこへ来ていたのか、竹一が自分の背中をつつき、低い声でこう囁《ささや》きました。

「ワザ。ワザ」

自分は震撼《しんかん》しました。ワザと失敗したという事を、人もあろうに、竹一に見破られるとは全く思いも掛けない事でした。自分は、世界が一瞬にして地獄の業火《ごうか》に包まれて燃え上るのを眼前に見るような心地がして、わあっ！　と叫んで発狂しそうな気配を必死の力で抑えました。

（『人間失格』）

自分には見えない後ろ姿を、こちらは無視していた竹一だけが見ていた。隙《すき》を突かれた、というこの感覚！　見せかけの衣裳《いしょう》を一瞬のうちに全《すべ》て剝《は》ぎ取られたような強烈な不安と恐怖——。そこから全篇の底を冷たく流れるサスペンスが生じる。

この作品に出て来るのは、葉蔵とごく少数の女性（それにギリシャ悲劇の予言者の役割をする竹一）をのぞいて、あとは性悪で卑《いや》しい人間ばかり。この弱者＝被害者＝善、強者＝加害者＝悪、ひいては、自分＝善、世間＝悪、という図式が、かつてのぼくには、個人的な被害者意識が強すぎるようにおもえて、共感するのが難しかった。

だが、中年になり、初老になるにつれて、年下の若者から、あれを読んでほっとした、救われた気がした、という声をよく聞くようになった。ここには自分よりもっと弱くて、生き方の無器用な人間がいる……そう意識して救われた気になるらしい。

さらに考えを変えさせられたのは、「いじめ」が大問題になってきてからである。その状況においては、一人の弱者が被害者になると、周囲の全員が（直接に攻撃に加わるか、それを無視することで結果的に同調者になるかは別にして）加害者になる。かつてぼくが、図式的にすぎる、と感じた——自分一人が善であって、周りは全部悪であると考えざるを得ないような状況が、現実に生じてきたのだ。

太宰は、世紀を越えた先に増大する人間実存の不安を見通していたのである。

自分でも、ぎょっとしたほど、陰惨な絵が出来上りました。しかし、これこそ胸底にひた隠しに隠している自分の正体なのだ、おもては陽気に笑い、また人を笑わせているけれども、実は、こんな陰鬱《いんうつ》な心を自分は持っているのだ、仕方が無い、とひそかに肯定し、けれどもその絵は、竹一以外の人には、さすがに誰にも見せませんでした。

（『人間失格』）

誰にも見せず、ひた隠しにしている自分の正体——。それは特別に多感で、たえず自意識と自分自身とのバランスの取り方に苦しむ青春時代、多くの人が自己の内部に感じとっているはずのものだ。

唐突におもわれるに相違ないが、ぼくはここから「善人なおもて往生をとぐ、いわんや悪人をや」という親鸞《しんらん》の「悪人正機説」をおもい出す。自分を善人とおもっている人は、実は自分の悪を自覚していない場合が多い。その善人さえ救われるのだから、自分の悪や醜さを鋭敏に感じとって救いを強く求める悪人が救われないはずはない、というのである。これはこの作品の最後に現われる救いへの伏線ともいえよう。

青春の文学といわれ、大人になったら卒業するもの、すべきもの、とされてきた太宰文学を、新制中学二年のときから古稀《こき》をこえた今日まで繰り返し読みつづけて来て、つくづく感心するのは、作品がいっこうに古びないばかりか、つねに現在もっとも新しい問題を取り扱っているようにおもわれるところだ。それはつまり、人間にとって永遠の問題に取り組んでいるからだろう。

いまから六十年以上もまえに書かれた『人間失格』は、人間の本質に深く触れることによって、おのずと未来を予見し、何世代にもわたる多くの若者の共感を呼ぶ作品になったのに違いないのである。

人間、失格。
もはや、自分は、完全に、人間で無くなりました。
（『人間失格』）

この作品には、中期以降からの特徴であった聖書からの引用が、いっさいない。平成十三年に青森県近代文学館から翻刻刊行された「資料集　第二輯《しゅう》　太宰治・晩年の執筆メモ」で、初めて公開された昭和二十三年度版「鎌倉文庫　文庫手帖」の最後のほうに、かれは大きな文字で、「我は畢竟《ひっきょう》、神の子ならず」と書き殴っていた。

いったい何があったのか。

『人間失格』の作中に、それと関連するとおもわれる次の一節がある。

「自分は神にさえ、おびえていました。神の愛は信ぜられず、神の罰だけを信じているのでした。信仰。それは、ただ神の笞《むち》を受けるために、うなだれて審判の台に向う事のような気がしているのでした。地獄は信ぜられても、天国の存在は、どうしても信ぜられなかったのです」

この作品で太宰が書いたのは、神の救いも信じられない、徹底して孤独な人間の実存であった。やはりかれは、人間がことごとく孤立して粒状化し砂漠化する今日の世界を予見していたとおもえる。しかし、『人間失格』の主人公が、自分のうわべだけのものとした「道化」の精神もまた、太宰文学の極めて貴重な稀有《けう》の価値であると確信するぼくは、この作品の愛読者が、ここからさらに溯《さかのぼ》って、明るい笑いに満ち溢《あふ》れた中期の作品の数々を、ぜひ読んでもらいたいと願わずにはいられない。

「私たちの知っている葉ちゃんは、とても素直で、よく気がきいて、あれでお酒さえ飲まなければ、いいえ、飲んでも、……神様みたいないい子でした」

（『人間失格』）

主人公の弱く暗い面だけを、徹底的に強調し、まるで写真の黒い陰画のように描いてきた肖像を、作者は最後のマダムの「……神様みたいないい子でした」という一言によって強烈な照明を与え、一気に明るい陽画に反転させる。

挽回《ばんかい》は到底不可能とおもわれるほどの点差をつけられた九回裏二死からの大逆転が、果して成功したかどうかについては判断が分かれるであろうが、作者の全身全霊を賭《か》けた祈りが籠《こ》められたこの結びの言葉によって、救われた気持になる読者は決して少なくないであろう。

なんとかして自分自身の価値を認める。なんとしても世界にたった一人しかいない、つまり掛替えのない自分を強く肯定する。すべてはそこからはじまるのである。

さて、これで太宰治100の名言・名場面を並べ終えたわけだが、そのなかから、ぼくにとってのベストワンを、最後にもういちど引用させてもらいたい。

それはあの『津軽』の結びの言葉である。

私は虚飾を行わなかった。読者をだましはしなかった。さらば読者よ、命あらばまた他日。元気で行こう。絶望するな。では、失敬。

あとがき

この本は、ぼくが生涯をかけて抽出した太宰文学のエッセンスであり、しごくハンディーな太宰治事典である。

新聞に出た心中事件の第一報で、太宰治の存在を初めて知った中学二年のあの日、古本屋の棚で目に入ったのが『お伽草紙《とぎぞうし》』であったという幸運に、ぼくは心から感謝せずにはいられない。

すでに読んだ方にはいうまでもないが、わが国の文学史上もっとも痛快なパロディーの最高傑作である。

こんなに面白くておかしい——つまり笑わせる小説を書く人はいない、という太宰治観は、それから六十年以上経《た》った今日にいたるまで一貫して全く変わらない。

人生にたいする恐怖感を捨てきれなかった太宰治にとっては、ユーモアだけが他者に通じる最後の道であり、そしてそれこそが唯一《ゆいいつ》信じられる人間への「愛」の実践であったのに相違ないとおもわれる。

太宰は青春の文学であって、それを卒業するのが大人になった証《あかし》であるとされてきたが、かれ自身が望んでいた通り、作品を作者の心優しい奉仕《サーヴィス》として受け取り、その実生活を反面教師として肝に銘ずるならば、生涯の愛読書であって不思議はない。

ユーモアこそ文学において何より貴重な価値のひとつであると信ずるぼくは、そんな風に感じて一生読みつづけ、『辻《つじ》音楽師の唄《うた》　もう一つの太宰治伝』『桜桃《おうとう》とキリスト　もう一つの太宰治伝』と二冊の伝記を著した。

作家を主人公にした評伝の最終の目的は、結局、そのテキスト（本文）にたいする興味を呼び起こすことに尽きる。二冊の伝記のダイジェストでもあるこの本によって、文学にしかない豊かな魅力に満ち溢《あふ》れた太宰治のテキストに出会う読者がふえるとしたら、筆者としてこれ以上の喜びはない。

長部日出雄

平成二十一年　早春

この作品は新潮文庫に書き下ろされたものです。

長部日出雄著
天皇はどこから来たか
青森・三内丸山遺跡の発見が、一人の作家を衝き動かした――大胆な仮説と意表を突く想定で、日本史上最大の謎に迫る衝撃の試論!

新潮文庫編
文豪ナビ 太宰治
ナイフを持つまえに、ダザイを読め!! 現代の感性で文豪の作品に新たな光を当てた、驚きと発見が一杯の新読書ガイド。全7冊。

太宰治著
晩年
妻の裏切りを知らされ、共産主義運動から脱落し、心中から生き残った著者が、自殺を前提に遺書のつもりで書き綴った処女創作集。

太宰治著
斜陽
〝斜陽族〟という言葉を生んだ名作。没落貴族の家庭を舞台に麻薬中毒で自滅していく直治など四人の人物による滅びの交響楽を奏でる。

太宰治著
ヴィヨンの妻
新生への希望と、戦争の後も変らぬ現実への絶望感との間を揺れ動きながら、命をかけて新しい倫理を求めようとした文学的総決算。

太宰治著
津軽
著者が故郷の津軽を旅行したときに生れた本書は、旧家に生れた宿命を背負う自分の姿を凝視し、あるいは懐しく回想する異色の一巻。

太宰治著　人間失格

生への意志を失い、廃人同様に生きる男が綴る手記を通して、自らの生涯の終りに臨んで、著者が内的真実のすべてを投げ出した小説。

太宰治著　走れメロス

人間の信頼と友情の美しさを、簡潔な文体で表現した「走れメロス」など、中期の安定した生活の中で、多彩な芸術的開花を示した9編。

太宰治著　お伽《とぎ》草紙

昔話のユーモラスな口調の中に、人間宿命の深淵をとらえた表題作ほか「新釈諸国噺」「清貧譚」等5編。古典や民話に取材した作品集。

太宰治著　グッド・バイ

被災・疎開・敗戦という未曽有の極限状況下の経験を我が身を燃焼させつつ書き残した後期の短編集。「苦悩の年鑑」「眉山」等16編。

太宰治著　二十世紀旗手

麻薬中毒と自殺未遂の地獄の日々――小市民のモラルと、既成の小説概念を否定し破壊せんとした前期作品集。「虚構の春」など7編。

太宰治著　惜別

仙台留学時代の若き魯迅と日本人学生との心あたたまる交友を描いた表題作と「右大臣実朝」――太宰文学の中期を代表する秀作2編。

太宰治著
パンドラの匣《はこ》

風変りな結核療養所で闘病生活を送る少年を描く「パンドラの匣」。社会への門出に当って揺れ動く中学生の内面を綴る「正義と微笑」。

太宰治著
新ハムレット

西洋の古典や歴史に取材した短編集。原典「ハムレット」の戯曲形式を生かし現代人の心理的葛藤を見事に描き込んだ表題作等5編。

太宰治著
きりぎりす

著者の最も得意とする、女性の告白体小説の手法を駆使して、破局を迎えた画家夫婦の内面を描く表題作など、秀作14編を収録する。

太宰治著
もの思う葦《あし》

初期の「もの思う葦」から死の直前の「如是我聞」まで、短い苛烈な生涯の中で綴られた機知と諧謔に富んだアフォリズム・エッセイ。

太宰治著
津軽通信

疎開先の生家で書き綴られた表題作、『短篇集』としてくくられた中期の作品群に、〝黄村先生〟ものと各時期の連作作品を中心に収録。

太宰治著
新樹の言葉

地獄の日々から立ち直ろうと懸命の努力を重ねた中期の作品集。乳母の子供たちと異郷で思いがけない再会をした心温まる話など15編。

太宰治著
ろまん燈籠
小説好きの五人兄妹が順々に書きついでいく物語のなかに五人の性格を浮き彫りにするという野心的な構成をもった表題作など16編。

吉本隆明著
聞き手糸井重里
悪人正機
「泥棒したっていいんだぜ」「人助けなんて誰もできない」——吉本隆明から、糸井重里が引き出す逆説的人生論。生きる力が湧く一冊。

大江健三郎著
人生の親戚
伊藤整文学賞受賞
悲しみ、それは人生の親戚。人はいかにその悲しみから脱け出すか。大きな悲哀を背負った女性の生涯に、魂の救いを探る長編小説。

唐仁原教久著
雨のち晴れて、山日和
山は、雨が降っても晴れても折々の美しい姿を見せてくれる。北から南へ、初心者にも登れる名山の楽しさを味わいつくした画文集。

中島敦著
李陵・山月記
幼時よりの漢学の素養と西欧文学への傾倒が結実した芸術性の高い作品群。中国古典に取材した4編は、夭折した著者の代表作である。

吉田凞生編
中原中也詩集
生と死のあわいを漂いながら、失われて二度とかえらぬものへの想いをうたいつづけた中也。甘美で哀切な詩情が胸をうつ。

色川武大著

うらおもて人生録

優等生がひた走る本線のコースばかりが人生じゃない。愚かしくて不格好な人間が生きていく上での〝魂の技術〟を静かに語った名著。

中上健次著

重力の都

〈重力＝物語〉に引き寄せられる男と女。その愉楽の世界を豊麗な言葉によって語り、著者自ら谷崎潤一郎に捧げると誌した連作短編集。

中上健次著

地の果て　至上の時

紀州・熊野の幽暗な風土を舞台に描かれる、父と子の対立と共生の物語。過去と現在、歴史と神話が自在に絡み合う著者渾身の力作。

中沢けい著

楽隊のうさぎ

吹奏楽部に入った気弱な少年は、生き生きと変化する――。忘れてませんか、伸び盛りの輝きを。親たちへ、中学生たちへのエール！

中沢けい著

うさぎとトランペット

呼吸を合わせて演奏する喜び、ブラスのきらめく音に宇佐子の心は解き放たれていく――トランペットに出会った少女の成長の物語。

南条あや著

卒業式まで死にません
―女子高生南条あやの日記―

リスカ症候群の女子高生が残した死に至る三ヶ月間の独白。心の底に見え隠れする孤独と憂鬱の叫びが、あなたの耳には届くだろうか。

辻邦生著
安土往還記
戦国時代、宣教師に随行して渡来した外国船員を語り手に、乱世にあってなお純粋に世の道理を求める織田信長の心と行動をえがく。

辻邦生著
西行花伝
谷崎潤一郎賞受賞
高貴なる世界に吹き通う乱気流のさなか、現実とせめぎ合う〝美〟に身を置き続けた行動の歌人。流麗雄偉の生涯を唱いあげる交響絵巻。

中村文則著
銃
拾った拳銃に魅せられていくうちに非日常の闇へと嵌まり込んだ青年。その心中の変化と結末を描く。若き芥川賞作家のデビュー作。

中村文則著
土の中の子供
芥川賞受賞
親から捨てられ、殴る蹴るの暴行を受け続けた少年。彼の脳裏には土に埋められた記憶が焼き付いていた。新世代の芥川賞受賞作！

原田康子著
挽歌
女流文学者賞受賞
霧に沈む北海道の街で知り合った中年の建築家桂木を忘れられない怜子。彼女の異常な情熱は桂木の家庭を壊し、悲劇的な結末が……。

原民喜著
夏の花・心願の国
水上滝太郎賞受賞
被爆直後の終末的世界をとらえた表題作等、美しい散文で人類最初の原爆体験を描き、朝鮮戦争勃発のさなかに自殺した著者の作品集。

林 芙美子著

放浪記

貧困にあえぎながらも、向上心を失わず強く生きる一人の女性――日記風に書きとめた雑記帳をもとに構成した、著者の若き日の自伝。

林 芙美子著

浮雲

外地から引き揚げてきたゆき子は、食べるためには街の女になるしかなかった。恋に破れ、ボロ布の如く捨てられ死んだ女の哀しみ……。

林 芙美子著

風琴と魚の町・清貧の書

放浪の著者が唯一〝旅の古里〟と呼んだ尾道を舞台に描く、自伝的処女短編「風琴と魚の町」など、代表的な初期の短編9編を収録。

樋口一葉著

にごりえ・たけくらべ

明治の天才女流作家が短い生涯の中で残した名作集。人生への哀歓と美しい夢が織りこまれ、詩情に満ちた香り高い作品8編を収める。

福永武彦著

草の花

あまりにも研ぎ澄まされた理知ゆえに、友を、恋人を失った彼――孤独な魂の愛と死を、透明な時間の中に昇華させた、青春の鎮魂歌。

福永武彦著

忘却の河

中年夫婦の愛の挫折と、その娘たちの直面する愛の不在……愛と孤独を追究して、今も鮮烈な傑作長編。池澤夏樹氏のエッセイを収録。

平野啓一郎著

日蝕

芥川賞受賞

異端信仰の嵐が吹き荒れるルネッサンス前夜の南仏で、若き学僧が体験した光の秘蹟。時代に聖性を呼び戻す衝撃の芥川賞デビュー作。

平野啓一郎著

一月物語

この究極の愛が成就するなら、貴方に命を奪われてもいい！　奈良十津川の森で、現世と夢界の裂け目に迷い込んだ青年詩人の聖悲劇。

平野啓一郎著

葬送

第一部（上・下）

ロマン主義全盛十九世紀中葉のパリ社交界を舞台に繰り広げられる愛憎劇。ドラクロワとショパンの交流を軸に芸術の時代を描く巨編。

深沢七郎著

楢山節考

中央公論新人賞受賞

雪の楢山へ老母を背板に乗せて捨てに行く孝行息子の胸つぶれる思い――棄老伝説に基づいて悲しい因習の世界を捉えた表題作等4編。

古井由吉著

杳《よう》子《こ》・妻《つま》隠《ごみ》

芥川賞受賞

神経を病む女子大生との山中での異様な出会いに始まる斬新な愛の物語「杳子」。若い夫婦の日常を通し生の深い感覚に分け入る「妻隠」。

福田恆存著

人間・この劇的なるもの

「恋愛」を夢見て「自由」に戸惑い、「自意識」に悩む……「自分」を生きることに迷っているあなたに。若い世代必読の不朽の人間論。

星野智幸著
目覚めよと人魚は歌う
三島由紀夫賞受賞

乱闘事件に巻き込まれ逃亡する日系ペルー人ヒヨと、恋人との想い出に生きる糖子。二人の触れ合いをサルサのリズムで艶かしく描く。

青木玉著
幸田文の簞笥の引き出し

着物を愛し、さっそうと粋に着こなした幸田文。その洗練された「装い」の美学を、残された愛用の着物を紹介しながら、娘が伝える。

三木清著
人生論ノート

死について、幸福について、懐疑について、個性について等、23題収録。率直な表現の中に、著者の多彩な文筆活動の源泉を窺わせる一巻。

三浦哲郎著
忍ぶ川
芥川賞受賞作

貧窮の中に結ばれた夫婦の愛を高らかにうたって芥川賞受賞の表題作ほか「初夜」「帰郷」「団欒」「恥の譜」「幻燈画集」「驢馬」を収める。

三浦哲郎著
白夜を旅する人々
大佛次郎賞受賞

呉服屋〈山勢〉の長女と三女が背負った宿命の闇。その闇に怯えたか、身を投げる次女、跡を絶つ長男。著者自らの家と兄姉を描く長編。

三浦哲郎著
みちづれ 短篇集モザイクI
川端康成文学賞受賞

僅か数ページに封じこまれた、人の世の情味と残酷。宝石の如き短篇小説をゆっくりと読みふける至福の時間。著者畢生の連作第一集。

半藤末利子著

夏目家の福猫

〝狂気の時〟の恐ろしさと、おおらかな素顔。母から聞いた漱石の家庭の姿と、孫としての日常をユーモアたっぷりに描くエッセイ。

水上勉著

五番町夕霧楼

京都五番町の遊廓に娼妓となった貧しい木樵の娘夕子。色街のあけくれの中に薄幸の少女の運命を描いて胸に迫る水上文学珠玉の名編。

水上勉著

雁の寺・越前竹人形

直木賞受賞

少年僧の孤独と凄惨な情念のたぎりを描いて、直木賞に輝く「雁の寺」、哀しみを全身に秘めた独特の女性像をうちたてた「越前竹人形」。

水上勉著

櫻守

桜を守り、桜を育てることに情熱を傾けつくした一庭師の真情を、滅びゆく自然への哀惜の念と共に描いた表題作と「凩」を収録する。

三浦綾子著

塩狩峠

大勢の乗客の命を救うため、雪の塩狩峠で自らの命を犠牲にした若き鉄道員の愛と信仰に貫かれた生涯を描き、人間存在の意味を問う。

三浦綾子著

道ありき

―青春編―

教員生活の挫折、病魔――絶望の底へ突き落とされた著者が、十三年の闘病の中で自己の青春の愛と信仰を赤裸々に告白した心の歴史。

新潮文庫最新刊

浅田次郎著
五郎治殿御始末
廃刀令、廃藩置県、仇討ち禁止――。江戸から明治へ、己の始末をつけ、時代の垣根を乗り越えて生きてゆく侍たち。感涙の全6編。

小池真理子著
玉虫と十一の掌篇小説
短篇よりも短い「掌篇小説」には、小さく切り取られているがゆえの微妙な宇宙が息づく。恋のあわい、男と女の孤独を描く十一篇。

北村　薫著
ひとがた流し
流れゆく人生の時間のなかで祈り願う想いが重なりあう……大切な時間を共有してきた女友達の絆に深く心揺さぶられる〈友愛〉小説。

坂東眞砂子著
異国の迷路
気づけば私の知らない私がそこにいた――人の心に潜むあやしい感情を呼び覚まし、遥かな異国へと連れ去るショートホラー、13編。

太宰　治著
地図
初期作品集
生誕百年記念出版。才気と野心の原点がここにある。中学生津島修治から作家太宰治へ、文豪の誕生を鮮やかに示す初期作品集。

太宰　治
長部日出雄著
富士には月見草
―太宰治100の名言・名場面―
長年作品を読み続けた作家によるとっておきの100場面の解説。100年前に生まれた文豪の感性は、実は現代の若者とそっくりなのだ。

新潮文庫最新刊

姫野カオルコ著
コルセット
欲望から始まった純愛、倒錯した被虐趣味、すれ違った片思い、南の島での三日間の邪淫。セレブ階級の愛と官能を覗く四つの物語。

西條奈加著
金春屋ゴメス 異人村阿片奇譚
上質の阿片が出回り、江戸国に麻薬製造の嫌疑がかけられる。ゴメスは異人の住む村に目をつけるが――。近未来ファンタジー！

柴崎友香著
その街の今は
芸術選奨文部科学大臣新人賞・織田作之助賞大賞・咲くやこの花賞受賞
カフェでバイト中の歌ちゃん。合コン帰りに出会った良太郎と、時々会うようになり――。大阪の街と若者の日常を描く温かな物語。

杉本彩著
京をんな
わたしはこうされるのが好きな女――。自らの体験に谷崎潤一郎へのオマージュを重ねてエロティシズムの絶頂へと導く極私小説。

椎名誠著
わしらは怪しい雑魚釣り隊
あの伝説のおバカたちがキャンプと釣りと宴会に再集結。シーナ隊長もドレイもノリノリの大騒ぎ。〈怪しい探検隊〉シリーズ最新版。

テリー伊藤著
学校では教えてくれない不道徳講座
常識の正反対を選べ。苦しいときはより不幸な人間を探せ。今日から気持ちが軽くなる。決定版！ テリー伊藤の発想、視点のすべて。

新潮文庫最新刊

多田富雄著
生命の木の下で
ある時は人類の起源に想いを馳せ、ある時は日本の行く先を憂える。新作能の作者で、世界的免疫学者である著者が綴る珠玉の随筆集。

野口悠紀雄著
アメリカ型成功者の物語
ゴールドラッシュとシリコンバレー
ジーンズ発明者、鉄道王、銀行家、そして150年後、IT企業を起こした20代の若者たち。大金持ちはいかにして誕生するのか？

紅山雪夫著
添乗員ヒミツの参考書 魅惑のスペイン
スペインの魅力——それは豊かな郷土色にあります。添乗員もコッソリ読んでる！どんな本よりも詳しく役に立つ歴史・観光ガイド。

関裕二著
蘇我氏の正体
悪の一族、蘇我氏。歴史の表舞台から葬り去られた彼らは何者なのか？大胆な解釈で明らかになる衝撃の出自。渾身の本格論考。

島村菜津著
スローフードな日本！
日本の食はまだまだ大丈夫！日本全国、食の生みの親たちを追いかけ、その取り組みを徹底調査。おいしい未来に元気が湧きます。

小川和久著
聞き手・坂本衛
日本の戦争力
軍事アナリストが読み解く、自衛隊。北朝鮮。日米安保。オバマ政権が「日米同盟最重視」を打ち出した理由は、本書を読めば分かる！

富士《ふじ》には月見草《つきみそう》

—太宰治100の名言・名場面—

新潮文庫　た-2-51

平成二十一年五月一日発行

著者　太《だ》宰《ざい》治《おさむ》　長《おさ》部《べ》日《ひ》出《で》雄《お》

発行者　佐藤隆信

発行所　株式会社 新潮社

郵便番号　一六二—八七一一
東京都新宿区矢来町七一
電話　編集部(〇三)三二六六—五四四〇
　　　読者係(〇三)三二六六—五一一一
http://www.shinchosha.co.jp

価格はカバーに表示してあります。

乱丁・落丁本は、ご面倒ですが小社読者係宛ご送付ください。送料小社負担にてお取替えいたします。

印刷・錦明印刷株式会社　製本・錦明印刷株式会社

© Hideo Osabe 2009 Printed in Japan

ISBN978-4-10-100619-2 C0195